EL BARCO
DE VAPOR

Lila Sacher
y la expedición
al norte

Catalina González Vilar

Ilustraciones de Anuska Allepuz

D0943207

LITERATURA**SM**•COM

Primera edición: junio de 2014
Tercera edición: junio de 2017

Gerencia editorial: Gabriel Brandariz
Coordinación editorial: Berta Márquez
Coordinación gráfica: Marta Mesa

© del texto: Catalina González Vilar, 2014
© de las ilustraciones: Anuska Allepuz, 2017
© Ediciones SM, 2017
    Impresores, 2
    Parque Empresarial Prado del Espino
    28660 Boadilla del Monte (Madrid)
    www.grupo-sm.com

ATENCIÓN AL CLIENTE
Tel.: 902 121 323 / 912 080 403
e-mail: clientes@grupo-sm.com

ISBN: 978-84-675-8945-0
Depósito legal: M-9183-2016
Impreso en la UE / Printed in EU

A mi tío José Mari.

1

Manzanas asadas

Llegaron a Coto Redondo en medio de una tormenta. Furiosos relámpagos iluminaban el cielo y el viento inclinaba los árboles junto al camino. Era difícil ver algo a través de aquella cortina de agua, pero al caer la noche divisaron por fin las luces del Almacén de Regina y Lucas.

–¡Menos mal! –suspiró Lila, cuyas botas estaban tan cargadas de barro que llevaba un buen rato arrastrándolas.

Tío Argus, con el sombrero empapado y sin forma, se volvió hacia ella y sonrió.

–Te dije que lo conseguiríamos. Regina estará encantada de alojarnos. ¡Y seguro que tiene algo delicioso para cenar!

–Una manzana asada... –soñó en voz alta la niña, sacudiéndose una vez más las botas.

No habían querido detenerse a saludar en ninguna de las granjas vecinas porque sabían que, de hacerlo, sus amigos querrían atenderlos con tanta hospitalidad que no llegarían al Almacén aquella noche. Y nada les gustaba tanto, cuando pasaban por aquella zona del país, como detenerse en primer lugar en la tienda de Regina y Lucas. Allí, además de comprar cualquier cosa que necesitasen, desde cordones nuevos a un sombrero en condiciones, una navaja multiusos o una bolsa de dulces, podrían ponerse al día de todo lo ocurrido en la zona desde su última visita. Y seguro que esta vez habría mucho que contar, pues había pasado casi un año desde entonces.

Lila cerró los ojos y trató de imaginar el cálido y delicioso olor a manzanas asadas que reinaría, con toda seguridad, en su interior. Se olvidó de la lluvia y de las botas. Por un momento dejó que aquella sensación lo llenase todo. Por alguna razón, en ningún otro lugar se sentía así, exactamente así, como si estuviesen volviendo a casa.

El Almacén, una modesta granja reconvertida hacía más de treinta años en colmado, era además el centro de reunión de Coto Redondo. Tío Argus llevaba visitándolo desde hacía años, antes incluso de hacerse cargo de Lila cuando sus padres murieron. Y ahora eran ellos dos quienes visitaban a Regina y Lucas al término de sus largos viajes. Si hacía buen tiempo, acampaban bajo el gran manzano, no lejos del Almacén, pero si el clima no acom-

pañaba, sabían que podían disponer de un rincón frente a la chimenea de Regina y Lucas.

Aquella noche, sin embargo, no tardaron en darse cuenta de que algo extraño ocurría en la antigua granja. Alrededor de la casa se adivinaban las siluetas de una gran cantidad de carromatos.

–¡Un circo! –exclamó tío Argus acercándose a grandes zancadas, entusiasmado por la novedad.

Lila no compartió su alegría. Estaba cansada, helada y hambrienta. Lo que deseaba era encontrar el Almacén igual que siempre, con Regina y Lucas sonriéndoles desde el mostrador y algún que otro granjero de la zona sentado en un taburete: exactamente igual que la última vez.

–¡«Circo del Remoto Tiempo Pasado»! –leyó su tío.

Así era: en el costado del carromato más cercano podían leerse esas palabras, pintadas con desgastadas letras azules sobre la madera. Un fuerte olor a establo envolvía algunas de las carretas y, por encima del techo de una de ellas, apenas perceptibles debido a la lluvia y a la falta de luz, vieron asomar un par de jirafas.

–¡Qué suerte, Lila!–continuó celebrando tío Argus mientras se quitaban las botas en el porche–. Siempre he querido conocer de cerca un circo.

Lila no se sintió demasiado impresionada por esta declaración. Después de todo, tío Argus era inventor, y eso significaba que ABSOLUTAMENTE TODO despertaba su INTERÉS. En su opinión, un inventor debía tener una enorme CURIOSIDAD. Y, sí, es verdad, una IMAGINACIÓN colosal. Porque, después de todo, inventar es imaginar por primera vez lo que aún no existe.

Así que ¿cómo no iba a interesarle a tío Argus, probablemente el más brillante e inquieto de los inventores que hubiesen recorrido aquellos encharcados caminos, aquel circo? También Lila hubiese sentido curiosidad de no ser porque, a causa de esa inesperada coincidencia, se estaba desvaneciendo a toda velocidad aquella deliciosa sensación de vuelta al hogar.

Al cruzar la puerta, todos sus temores se vieron confirmados. Pese a los sacos de especias que perfumaban el ambiente, las estanterías rebosantes de herramientas y la cálida luz de la chimenea envolviéndolo todo, el interior del Almacén estaba irreconocible. Y es que nunca se había reunido bajo aquel techo un grupo de personas y animales tan numeroso y variopinto.

Eran al menos treinta, cerca de setenta, no menos de ciento veinte. Todo dependía de si contabas a los osos, a los monos, al mapache y a los tucanes, si los hermanos siameses sumaban uno o dos, y si el contorsionista que dormía en su caja y las palomas de los ilusionistas, que aparecían y desaparecían, entraban o no en la suma.

Los artistas se habían instalado por todas partes, sobre los toneles y los sacos de semillas, junto a la chimenea y entre los cajones llenos de tiestos. Sus ropas extravagantes, tachonadas de lentejuelas y plumas, transformaban el Almacén de Regina y Lucas en un bazar de las Mil y Una Noches, y su charla, en muchos y diversos idiomas, restallaba y chisporroteaba llena de risas y bromas.

Nadie pareció percatarse de la llegada de los dos viajeros, pero ellos no tardaron en localizar a Regina y a Lucas al fondo de la sala.

Sus amigos eran los únicos que permanecían en su lugar habitual, tras el mostrador, y se los veía encantados mientras escuchaban a un hombrecillo que se había sentado en uno de los altos taburetes de la barra. El desconocido, de pelo muy claro y vestido con un traje rojo lleno de botones y chorreras doradas, hablaba con voz alta y alegre acerca de los lugares a los que mapas demasiado anticuados los habían conducido, asegurando que, pese a todo, él y su *troupe* jamás se habían perdido, pues cualquier lugar era un buen lugar para el Circo del Remoto Tiempo Pasado.

Fue precisamente él, y no otro, quien se dio cuenta de la llegada de tío Argus y Lila. Deteniendo su charla, se volvió hacia ellos lanzándoles una mirada tan sonriente como penetrante.

–¡Más viajeros sin rumbo! –dijo.

Solo entonces Regina y Lucas se volvieron hacia ellos y, entre exclamaciones de alegría, acudieron a recibirlos.

–¡Argus! ¡Lila! –los saludó Regina, una mujer grande y robusta, con las mejillas sonrosadas por aquel cúmulo de sorpresas–. ¡Qué noche tan extraordinaria! Primero un circo y ahora... ¡vosotros!

– Cuando mañana se corra la voz, nadie va a creerlo –aseguró Lucas mirando a su alrededor–. ¡Y en medio de la peor tormenta del invierno!

–Pero pasad, pasad –dijo Regina–. ¡Estáis empapados!

Los llevaron junto a su invitado, que se apresuró a presentarse como el señor Brigadier, director de pista y maestro de ceremonias. De entre sus dedos, moviéndose sobre los nudillos como sobre un mar agitado, apareció un fragmento de cristal morado, tallado de tal modo que recogía la luz y destellaba con cada movimiento.

–¡Por supuesto que tenemos rumbo! –aseguró tío Argus con buen humor, en respuesta su primer comentario–. Llevamos todo el día caminando para llegar aquí, aunque lo cierto es que no esperábamos encontrar el Almacén tan concurrido. Pero dígame: ¿qué es eso que tiene ahí?

–¿Esto? –dijo el señor Brigadier, simulando sorprenderse él mismo ante el cristal que movía sobre sus dedos–. Nada, nada, solo un pedazo de una vieja historia.

–Así que una vieja historia –dijo tío Argus, atusándose el bigote tal como solía hacer cuando se encontraba ante un buen conversador con quien medirse–. Ya veo.

–Además lo utilizo para mi número –añadió modestamente el señor Brigadier–. Quizá, si les apetece a Regina y Lucas, podríamos agradecerles su hospitalidad realizando esta noche una pequeña demostración –llegado este punto, miró directamente a Lila, que había permanecido muy callada–. ¿Qué le parece, señorita? ¿Querrá asistir a nuestro espectáculo?

Ella asintió.

–Me gustaría mucho ver su función –dijo, y tras dudar un instante añadió–: Pero antes, ¿podría contarnos esa historia?

El señor Brigadier sonrió complacido.

–Por supuesto que podría, señorita. Será un placer. Escuche bien –dijo, levantando su mano a la altura de los ojos de Lila y haciendo moverse el cristal por encima de sus nudillos, a derecha e izquierda–. Aquí donde lo ve, este es un fragmento del principal juego de copas de una antigua dinastía veneciana. Se cuenta que siglos atrás, en medio de la más espléndida fiesta de máscaras que se hubiese visto en la ciudad de los canales, el patriarca de aquella noble familia alzó su copa y, ante cientos de enmascarados invitados, exclamó lleno de satisfacción: «¡Qué se hunda el palacio si no está aquí toda Venecia!». Sin embargo, al hacer este brindis, el infeliz anfitrión desconocía que aquella noche, aquejado por una repentina gripe, su más destacado invitado, el orgulloso Dogo de Venecia, no había podido acudir a la celebración. En su lugar había enviado a un criado de confianza, con el encargo de regresar cada hora para informarle de cuanto sucediera en la fiesta. Y así fue como no tardó en recibir noticia del desafortunado brindis.

El señor Brigadier se detuvo un segundo y les lanzó una refulgente mirada. Para ser tan pequeño, pensó Lila, parecía ocupar gran parte de la sala. Tío Argus, Regina y Lucas lo escuchaban embelesados, mientras que a su alrededor el resto de las conversaciones habían cesado.

–Preso de la ira al ver que su ausencia había pasado inadvertida –continuó el director de pista–, el Dogo abandonó su lecho. Ardiendo de fiebre, se puso la máscara dorada que hasta entonces había descansado inútilmente junto a su cama y ordenó que preparasen de inmediato no solo su góndola, sino todas aquellas que estuviesen disponibles a esa hora en Venecia. Poco después, envuelto en su capa de terciopelo negro con bordados de oro y seguido en silencio por más de cuatrocientas góndolas, la embarcación del Dogo cruzaba majestuosamente las oscuras aguas del Gran Canal.

Una deliciosa mezcla de música, risas y tintineo de copas se escapaba para entonces de las ventanas del palacete ahogando el ruido de los remos, así como el chapoteo de los doscientos hombres que se lanzaron al agua para amarrar gruesos cabos de cuerda a los pilares que sostenían el palacio sobre el canal. Cuando todo estuvo listo, y a una señal del Dogo, las góndolas iniciaron el regreso. Las cuerdas se tensaron y los pilares gimieron, pero los gondoleros, acobardados por la imponente silueta enmascarada, continuaron remando y remando hasta que las gruesas vigas, debilitadas por la humedad de siglos, cedieron, y el palacio se hundió tras ellos en un abrir y cerrar de ojos, con el noble, su familia y la flor y nata de la sociedad veneciana bailando aún en sus salones.

Regina se llevó una mano a los labios, sofocando una exclamación de horror, y Lucas silbó bajito, como solía hacer cuando alguien le contaba alguna historia particularmente impresionante. Tío Argus estaba disfrutando de lo lindo, y en cuanto a Lila, sencillamente no podía apartar sus ojos de aquellos destellos malvas.

–Bien, pues este cristal que ahora ven aquí –dijo el señor Brigadier– es un fragmento de la copa con la cual aquel hombre infortunado hizo su último brindis, probablemente el mismo fragmento en el que sus labios se posaron tras pronunciar tan trágicas palabras. Y es con este cristal, pulido por el agua de los canales durante decenios, con el que realizo mi número. Ahora lo verán.

Abriendo los dedos, el director de pista dejó caer entre ellos la pieza, que quedó colgando de una fina cadena de plata que nadie había visto hasta entonces. Se había hecho un gran silencio en el Almacén, aunque hacía ya algunos minutos que Lila apenas escuchaba nada. Todo parecía estar muy lejos: su tío, Regina, Lucas, los artistas del circo... Solo el cristal parecía algo real y sólido. Escuchó la voz del señor Brigadier recitando con tono solemne y musical las palabras de su actuación:

–«Uno, dos, tres. De la mente al sueño, del sueño al secreto, del secreto al deseo que nace del pasado, que explica tu futuro, que permanecía oculto y ahora será por primera vez escrito. ¡Hipnotizada!».

Lila, pálida y con los ojos brillantes, parecía ahora mirar al infinito. Cuando el señor Brigadier pasó una mano ante sus ojos, su expresión no varió.

–¿Lila? ¿Estás bien? –se inquietó tío Argus pensando que él mismo, repentinamente, se había sentido extraño.

–Estará perfectamente dentro de un instante, no se preocupe –respondió por ella el señor Brigadier, entregando a la muchacha el lapicero y la libreta donde Lucas llevaba las cuentas del almacén–. Ahora escribirá en este papel su deseo más profundo. Incluso aunque jamás haya sabido que era eso lo que deseaba.

Lila tomó, efectivamente, el papel y el lápiz, y sin mostrar signo alguno de estar escuchando lo que se decía a su alrededor, se apoyó sobre el mostrador y escribió algo con cuidado. Mientras lo hacía, nada excepto el chisporroteo del fuego y el deslizarse de la mina sobre el papel se escuchaba en la sala. Una vez terminó, el señor Brigadier tomó con delicadeza el trozo de papel, lo plegó sin leerlo y cerró sobre él una de las manos de la muchacha.

–¡Ya está! –dijo en voz alta, provocando una especie de sobresalto en Regina y Lucas, que también habían caído en una ligera ensoñación. Luego, volviéndose hacia los artistas del circo, mientras a su lado Lila recuperaba el color, dijo–: Y ahora, ¿qué tal una pequeña demostración de nuestras habilidades? ¿Sibila?

Sin esperar a que lo repitiese, una mujer de grandes pechos se puso en pie y, tras unos momentos de concentración, comenzó a lanzar puñales al aire, recogiéndolos hasta formar sendos abanicos con sus frías hojas solo para volverlos a lanzar, cada vez más rápido, cada vez más puñales, hasta que una cortina de metal comenzó a subir y bajar en torno suyo, cegándolos con su brillo. Ni uno solo tocó la madera del salón del Almacén, y poco a poco fueron desapareciendo entre sus manos hasta que no quedó más que una sola daga, que la mujer se guardó en su cinto.

Regina y Lucas aplaudieron a rabiar, pero tío Argus miraba hacia su sobrina, que había desplegado el papel y lo estaba leyendo. Le pareció que sus ojos se abrían con miedo y, cuando sus miradas se cruzaron, ella apartó la suya, guardándose apresuradamente el papel en el bolsillo.

2

EL DESEO DE LILA

Aquella noche, tras la improvisada función, Lila se disculpó asegurando estar muy cansada y buscó un lugar tranquilo donde extender su manta. Vio cómo tío Argus la seguía con la mirada, algo preocupado, pero no tenía ánimo para dar ninguna explicación. El papel que llevaba en el bolsillo parecía pesar una tonelada.

¿No le había dicho su tío innumerables veces que hay que averiguar qué es lo que quieres, qué es lo que más deseas, para así poner todo tu corazón en conseguirlo? Y ahora, ella lo sabía. No estaba segura de haberlo sabido antes. Quizá, de algún modo, sí. Pero, desde luego, no tan claramente como lo decía aquel papel que ella misma había escrito bajo el influjo del cristal del señor Brigadier.

¿Y si lo destruía? Pero eso no cambiaría nada. Porque ahora ella SABÍA. Y las consecuencias de eso que sabía eran enormes. Al menos para su pequeño mundo. Porque algo había que hacer. Algo había que hacer.

Tumbada entre dos cajas de madera, llena una de alpiste y otra de manzanilla, admiró el brillo de los botes de mermelada apilados en orden sobre las baldas más altas de las estanterías. Recordaba que en su última visita

había ayudado a Regina a cocinar mermelada, pero no sabía si alguno de aquellos botes contenía la que prepararon aquel día. Sí, pensó tristemente, esos botes le decían lo mismo que el papel. De alguna manera tenían mucho que ver. ¡Si tuviese un lugar donde pudiese guardar su mermelada!, se dijo algo confusamente, un lugar al que regresar y donde preparar botes como aquellos, entonces todo sería... No terminó el pensamiento, pues el cansancio acabó por vencerla y se quedó profundamente dormida.

Al día siguiente, el circo se marchó temprano. Antes incluso de que Regina y Lucas, que se despertaban siempre al amanecer, se hubiesen levantado. Recogieron sus cosas sigilosamente y solo dejaron tras de sí un generoso puñado de monedas y el surco profundo de las ruedas de los carromatos sobre el barro.

Cuando tío Argus se despertó, descubrió que no solo se habían marchado ellos. Ni la mochila ni las botas de Lila estaban donde las habían dejado la noche anterior, y sobre la esterilla en la que había dormido, junto al cajón de la manzanilla, solo encontró un papel cuidadosamente doblado.

Tío Argus lo reconoció de inmediato y por eso se sentó sobre el cajón antes de abrirlo. Una vez lo hizo, siguió un buen rato allí sentado, mirando aquella nota, aunque apenas contenía tres palabras. Después se fue a buscar a Regina y Lucas para preguntarles su opinión.

–«Tener un hogar» –leyó Regina en voz alta, los tres frente a una buena taza de café con leche–. Así que es eso lo que Lila escribió anoche...

Tío Argus, siempre tan alegre, parecía muy desanimado.

–Es normal –dijo con un murmullo–. Conmigo no ha hecho otra cosa que ir de aquí para allá. Desde que la recogí, cuando se quedó huérfana, no hemos pasado más de tres semanas en ningún sitio. El lugar al que más hemos vuelto es a Coto Redondo, ya lo sabéis, y en el mejor de los casos acampamos bajo el manzano.

–Argus –dijo Lucas tratando de consolarle–, no conozco ninguna niña más feliz que Lila.

–¡Eso pensaba yo! –dijo él, con un breve asomo de su habitual energía–. Si esta vida es buena para un inventor, también debería serlo para una niña, ¿no creéis? ¿Qué necesita alguien que está creciendo sino alimentar su curiosidad y su imaginación?

Regina se apoyó en el mostrador, la mano en su mejilla.

–Tienes parte de razón, Argus... Pero a la vez, ¿quién no quiere un hogar?

–¡Un hogar son las personas que te quieren, aunque cada día duermas en un lugar distinto! –Argus pensaba ahora tan intensamente que su entrecejo estaba completamente fruncido y se tiraba del bigote, como siempre que tenía un dilema que resolver–. Regina –dijo al fin–, yo no creo que pudiera quedarme siempre en un sitio. Se me acabarían las ideas, sería un inventor sin ideas, ¡y eso es espantoso! No podría gustarle a Lila.

Suspiró profundamente. Recordaba la mirada huidiza de su sobrina la noche anterior. Ella también sabía que él no sería feliz instalándose sin más en una casa. Por eso había decidido marcharse.

–Pero... no termino de entenderlo –dijo Lucas, que había leído ya una docena de veces las tres palabras escritas en el papel–. ¿Por qué se ha ido con el circo? ¿En qué mejora eso su situación?

–Dijeron que se dirigían hacia el norte, ¿no es cierto? –dijo Argus.

Regina asintió. De eso era de lo que habían estado hablando después de la actuación. Pasarían las siguientes semanas viajando hacia el norte antes de volver a descender hacia tierras más cálidas.

–Entonces, imagino qué es lo que pretende Lila.

–¿Qué?

–Quiere ir a San Petersburgo.

–¡A San Petersburgo!–exclamó Regina–. ¿Y qué es lo que espera encontrar allí?

–A Pedrúsculo, supongo –murmuró tío Argus, como si le fastidiase reconocerlo–. A Pedrúsculo Ivinovich.

Regina y Lucas miraron a su amigo, todavía sin entender.

–Pedrúsculo es mi primo –les aclaró él– y, por tanto, tío de Lila. Solo tío segundo, pero tío, al fin y al cabo. No es como si fuese su tío primero, como yo, pero aun así es la única familia que tenemos. Hace mucho tiempo que no lo veo, exactamente desde que nació Lila. Ella ni siquiera lo recuerda, claro; era solo un bebé. Pero años después, cuando fallecieron sus padres, recibió una carta.

–¿Y qué decía esa carta? –preguntó Lucas.

–Que su casa era también su casa –refunfuñó Argus– y todas esas cosas.

–Eso está muy bien –tuvo que reconocer Regina–, pero ¿San Petersburgo? ¡Eso está muy lejos de Coto Redondo!

Lucas suspiró.

–¿Qué tal es ese Pedrúsculo Ivinovich, Argus? –dijo a continuación–. ¿Estará bien Lila con él?

Tío Argus tiró una vez más de su bigote y se encogió de hombros.

–Supongo que sí –tuvo que admitir, y como si esto lo aclarase todo añadió–: Pedrúsculo estudia caracoles.

–¿Caracoles? ¿Qué quieres decir?

–Es naturalista, trabaja en el Real Gabinete de Ciencias de San Petersburgo, y su especialidad son los crustáceos –les explicó–. La última vez que supe de él fue a través de una gaceta científica. Eso fue hace casi tres años. Allí contaban que Ivinovich les seguía la pista a unos caracoles de una especie aún no catalogada…

–¡Caracoles! –repitió Regina, pensativa–. No parece muy apasionante.

–Quizá no –opinó Argus tristemente–, pero nadie puede negar que se trata de un trabajo de lo más tranquilo.

Mientras tío Argus, Regina y Lucas mantenían esta conversación, Lila viajaba ya lejos de Coto Redondo en compañía del circo. Precisamente en ese momento, y en respuesta a la pregunta del señor Brigadier acerca de sus planes inmediatos, le mostraba la carta que había guardado durante todos aquellos años, firmada por el profesor Pedrúsculo Ivinovich. La carta no era larga, apenas dos o tres frases formales, pero junto a ella Lila conservaba el viejo recorte de la gaceta científica.

–Aquí dice que trabaja en San Petersburgo –dijo señalando el artículo amarillento.

El señor Brigadier, adivinando sus intenciones, asintió con gravedad y azuzó sin prisa a los caballos que tiraban de la carreta.

–Ya estuvimos en San Petersburgo hace un par de años –informó el director de pista a la niña–, así que no creo que esta vez lleguemos tan al norte.

–No importa –respondió ella–. Iré de todos modos.

–¿Y tu tío? El otro, quiero decir... Argus.

Lila sintió un nudo en la garganta, pero contuvo los deseos de llorar.

–Él ya ha cuidado de mí todos estos años. Estará mejor así.

El señor Brigadier, tomando el recorte de periódico, lo leyó en silencio.

Agitada sesión en el Real Gabinete

¿Qué opinarían si un reputado científico les anunciase que va a emprender la búsqueda de unos crustáceos de tamaño infinitesimal, transparentes... y en cuya existencia nadie cree?

Probablemente, querido lector, su reacción sería la misma que ayer por la tarde tuvieron los miembros del Real Gabinete de Investigaciones Científicas: una mezcla de bochorno, risas e indignación.

Y más aún cuando quien se propone emprender semejante empresa no es ni más ni menos que el profesor Pedrúsculo Ivinovich, eminente naturalista especializado en crustáceos marinos y de reputación hasta ahora intachable.

Según han confiado algunos de sus colegas científicos a este periódico, el interés del profesor Ivinovich por estos dudosos seres comenzó la pasada primavera, cuando leyó la obra del aventurero y biólogo aficionado Huzvel Hurdof titulada *Seres Intrigantes del Mundo Entero y Su Aún Más Intrigante Comportamiento*.

Escrita hace más de medio siglo, Hurdof reunió en esta obra las memorias de sus viajes y descubrimientos. El capítulo 12 estaba dedicado por completo a los *Caracolius cristalinus*, especie de la que Hurdof se declaraba descubridor.

Según él, si bien estos caracoles habitan en la profundidad de los océanos durante la mayor parte de su existencia, invisibles a nuestros ojos, en determinados momentos del año adquieren un intenso color blanco y ascienden en masa hacia la superficie, conformando pequeños islotes perfectamente visibles que viajan a la deriva.

El único motivo por el que este llamativo fenómeno había pasado inadvertido hasta entonces era, en palabras del autor, que dichas acumulaciones habían sido confundidas habitualmente con blancos icebergs y, por tanto, cuidadosamente esquivadas.

Hurdof, sin embargo, aseguraba haber tenido la fortuna de chocar accidentalmente con una de estas grandes masas en unos de sus viajes, dándose cuenta del engaño. Es más: tras el choque, y llevado por su espíritu científico, había viajado sobre una de estas islas durante varios días, obteniendo de este modo una gran cantidad de información sobre dichos seres.

Si bien esta obra de Hurdof, a falta de pruebas y dada la conocida afición del naturalista por los licores dulces, fue acogida con justificado escepticismo por la comunidad científica del momento, todo parece indicar que cincuenta años después ha despertado el interés del profesor Pedrúsculo, quien se declaró dispuesto ayer tarde a demostrar de una vez la existencia de estos seres y estudiar sus costumbres en profundidad.

Se rumorea que las declaraciones de Ivinovich y su firme propósito de continuar con las investigaciones de Hurdof no han sentado nada bien al Director del Real Gabinete, que ha amenazado al profesor con expulsarlo del mismo si insiste en continuar con sus excéntricas teorías.

■

El señor Brigadier, tras leer el artículo, levantó una ceja y meditó unos momentos.

–Parece que se toma muy en serio su trabajo –dijo.

–Eso dijo también tío Argus –asintió Lila mientras un inmenso bostezo le llenaba los ojos de lágrimas.

El señor Brigadier, cuya curiosidad difícilmente se aplacaba, insistió.

–Lila, si me permites la pregunta, hay algo que me intriga. ¿Qué es lo que te disgusta de tu vida con Argus? A mí me parece que estar siempre viajando es perfecto. Jamás te aburres del paisaje, conoces a personas de todo tipo y cambias de clima a tu antojo. ¿Qué echas de menos?

Lila no tuvo que pensarlo.

–Poder volver a casa.

El señor Brigadier la miró y asintió muy serio. No le parecía ninguna locura desear viajar para saborear aún más el regreso al hogar.

–¿Realmente crees que encontrarás un hogar en San Petersburgo?

–Espero que sí –dijo Lila. Y, ya prácticamente dormida, continuó murmurando una respuesta hasta que las últimas palabras fueron apenas un susurro–. Tío Argus siempre dice que nuestro hogar está donde está nuestra familia y la gente que queremos. Y aparte de él, Pedrúsculo es la única familia que tengo. Además, en su carta dice que si necesito algo, solo tengo que ir a buscarle...

La voz se apagó del todo y el señor Brigadier dejó vagar la mirada por la fila de carromatos que serpenteaba ante él. Conocer el deseo más arraigado de cada uno podía ser un regalo, se dijo, pero también podía resultar una carga demasiado pesada para una personita con tan pocos años.

3
El Circo del Remoto Tiempo Pasado

Lila se acostumbró rápidamente a su vida en el circo y no tardó en verse enfundada en un vestido de equilibrista, con una capa azul brillante y unas zapatillas parecidas a las de las bailarinas, cubiertas casi por completo de lentejuelas plateadas y con unas resistentes suelas de piel muy flexible.

–Nos vendrá bien una ayudante como tú –aseguró Marga la Bala, terminando de ajustarle la capa–. Los hermanos Carranza son extraordinarios en el trapecio, ya lo verás, pero no son tan buenos cuando tienen que caminar sobre el alambre. Tú lo harás muy bien, seguro. Además, quedará muy bonito cuando te dejes caer y ellos te atrapen al vuelo.

Lila nunca había sido miedosa y no pensaba acobardarse ahora, pero cuando miró el alto mástil por el que debería subir sintió que las rodillas le temblaban y que le sudaban las manos.

Marga rio.

–¡Aún tardarás muchas semanas en trepar allí arriba! –la tranquilizó–. De momento vamos a ver qué tal lo haces aquí abajo.

Tomando una escoba, la colocó entre dos sillas, a muy poca altura. Mientras ella sujetaba un extremo, uno de

los Carranza, cuyos brazos eran todo músculo, sujetó al otro. Luego se volvieron hacia la muchacha.

Lila decidió intentarlo. Las zapatillas de lentejuelas eran tan flexibles que parecía que fuese descalza. Pensó que solo tenía que mantener la calma. Respiró hondo y subió a una de las sillas. Comenzó a cruzar sobre la escoba y llegó hasta la mitad. Lo hizo muy bien, en opinión del trapecista.

–¡Extraordinario! –dijo la Mujer Bala–. Si a mí se me hubiese dado tan bien como a ti, lo preferiría a tener que meterme cada noche en el cañón.

Así fue como Lila comenzó a aprender los trucos y disciplinas del alambre. Y, más tarde, del equilibrismo sobre cualquier clase de superficie que se les ocurriese proponerle, ya fuese el lomo de Triple Erre, la más anciana de las elefantas, la inmensa esfera rodante o la radiante pirámide de copas que levantaba con la fuerza de su pensamiento Mr. Kiyú el Mentalista.

Los entrenamientos le dejaban agotada, pero por las noches aún debía ayudar en la función. De momento solo tenía que dejarse llevar de un lado a otro por los hermanos Carranza, los cuales, encadenados unos a otros por piernas y brazos, efectuaban prodigiosas volteretas sobre la red y saltos de anilla en anilla a muchos metros del suelo. Lila también se ocupaba de dar de comer a los elefantes, de vender dulces a los espectadores y de que a las serpientes no les faltase nunca agua.

Durante esas primeras semanas, trató de no pensar en tío Argus. No es que tuviese el corazón duro como una piedra, sino que esa era la única manera de seguir adelante con su plan.

Pero no siempre era fácil. Un día, Mr. Kiyú el Mentalista y Marga la Bala la encontraron sentada sobre Triple Erre, observando un cuaderno con un inusual aire de desánimo.

–¿Qué miras? –quisieron saber, instalándose junto a ella, algo apretados en la cestilla sobre el lomo de la elefanta.

–Es un plano de Coto Redondo –dijo mostrándoles un mapa en el que aparecían con todo detalle no solo los bosquecillos y campos de Coto Redondo, el camino principal que lo atravesaba y los senderos que recorrían las distintas propiedades, sino también, una a una, las distintas granjas con su nombre escrito bajo ellas y todas su peculiaridades bien detalladas. Casi en el centro de aquel pequeño territorio se veía una miniatura exactamente igual que el Almacén de Regina y Lucas. Lila suspiró.

–Lo hizo Leonora.

–¿Y quién es Leonora? –quiso saber de inmediato Marga mientras examinaba con curiosidad el plano.

–Es una amiga de tío Argus y mía –explicó Lila–. Su nombre completo es Amalia Leonora Okavango y fue la primera mujer negra que exploró toda Europa.

Mr. Kiyú dejó escapar un silbido de admiración.

–Fue muy peligroso –continuó Lila, mirándolos de reojo–. En su opinión, mucho más que viajar por África. La gente se asustaba al verla y tenían toda clase de ideas absurdas sobre ella. Leonora no podía entender a qué venía todo eso hasta que alguien se lo explicó: ¡era por su color!

Marga levantó mucho las cejas.

–Pero ¿de qué color dijiste que era?

—Marrón oscuro, casi negro.

—¡Pero si hay millones de personas con ese color! Casi más que con cualquier otro, excepto amarillo, claro está —dijo Marga, inclinando la cabeza ante Mr. Kiyú. Luego añadió con voz soñadora—. Si al menos hubiese tenido la piel azul, ¡o lila! Una vez tuvimos un hombre morado en el circo, pregúntale al señor Brigadier si no me crees. Pero el color solo le duró unos minutos, y fue a causa de un atragantamiento. Ahora, Lila, ¡qué tres minutos! Logró captar toda la atención del público, te lo aseguro.

Lila rio, sintiéndose repentinamente más optimista. Continuó hablando de Leonora, quien gracias a sus viajes había sido invitada a formar parte de varias sociedades geográficas de todo el mundo, como la Real Sociedad Cartográfica de Prusia o la Excelentísima y Exactísima Sociedad Cartográfica de Suiza. Precisamente volvía de una de esas reuniones cuando llegó a Coto Redondo, donde coincidió con Lila y su tío.

—¡Estaba furiosa por haberse perdido! —recordó—. ¡Tanto que comenzó a golpearse con su atlas en la cabeza! Nadie, ni siquiera tío Argus, logró convencerla en un buen rato de que dejase de hacerlo.

Ante la cara horrorizada de sus amigos, a los que nunca en su vida se les hubiese ocurrido darse en la cabeza con un atlas por ningún motivo, Lila añadió a modo de disculpa:

—Es que era la primera vez que se perdía...

—Pero ¿cómo? —respondió, aún más escandalizado, Mr. Kiyú—. ¡Hasta donde yo sé, perderse es la misión principal de un explorador!

–Y además, ¿qué es eso de llevar un atlas? –añadió Marga, muy seria–. ¡De ese modo, lo más probable es que solo vayas adonde otros ya estuvieron antes!

–¡Ah, tío Argus pensaba algo parecido! –dijo muy contenta Lila–. «No tiene que sentirse mal», le dijo aquel día a Leonora. «Todo el mundo se pierde alguna vez. De hecho, según parece, es la única manera de llegar a sitios realmente interesantes. Yo tengo el placer de haberme perdido ya ciento catorce veces, mire usted por dónde».

–¿Es eso cierto? –interrumpió el señor Brigadier, que llegaba en ese momento montado sobre la bicicleta de una sola rueda. La gran altura de esta ofrecía la ventaja de permitirle conversar cómodamente con los reunidos sobre Triple Erre.

–¡Por supuesto! ¡Tío Argus nunca diría una mentira! –respondió Lila rápidamente, y de inmediato sintió que volvía aquel nudo en la garganta que la dejaba casi sin voz cuando hablaba de su tío.

Seis semanas después de que Lila abandonase el Almacén de Regina y Lucas, tío Argus encontró por fin la pista del Circo del Remoto Tiempo Pasado.

Había perdido unos días preciosos en Coto Redondo, tan desanimado que fue incapaz de pensar con claridad hasta que Maud, el granjero, se sentó a su lado, llenó su pipa y, tras una primera bocanada, le dijo:

–¿No crees que sería buena idea asegurarse de que Lila se encuentra a gusto en su nueva casa? No sería la primera persona que cambia de idea acerca de qué es lo que más desea en el mundo, incluso aunque lo haya escrito en un papel bajo el influjo de un cristal veneciano.

Aquellas palabras despejaron repentinamente todas sus dudas y, saltando como un resorte, tardó menos de media hora en tenerlo todo listo. Regina y Lucas le despidieron desde el porche del Almacén, no sin antes regalarle un bote de mermelada casera, y mientras pudo oírlos le llegaron consejos sobre cómo debía hacer para seguir por los caminos las huellas dejadas por el circo.

Con consejos o sin ellos, lo cierto es que en los días transcurridos había vuelto a llover, y muchos carros, carretas y carretones habían atravesado los cruces, dejando cada cual sus propios surcos y emborronando los antiguos, hasta que fue imposible diferenciar unos de otros.

A tío Argus no le quedó más remedio que ir preguntando por los pueblos, pues allí donde el circo había estado no los olvidaban, pero esto supuso realizar muchos kilómetros en balde y perder días y días antes de volver a encontrar el camino. Sea como fuese, después de aquellas semanas de viaje, tío Argus volvió a encontrar la pista.

Oscurecía cuando llegó a la pradera donde se había instalado el circo. Corría una fresca brisa y, desde el camino, la oscura carpa parecía contener tanta luz en su interior que sus costuras brillaban, como si fuese a reventar de un momento a otro. Se escuchaban los primeros compases de la banda y el bullicio alegre de los espectadores. Tío Argus saboreó todos estos detalles, sintiendo el cosquilleo antiguo de la curiosidad y la expectación por cuanto allí vería.

«Uno, dos, tres. De la mente al sueño, del sueño al secreto, del secreto al deseo que nace del pasado, que explica tu futuro, que permanecía oculto y ahora será por primera vez escrito. ¡Hipnotizado!». El señor Brigadier dio comienzo, una noche más, a la función.

Y allí, ante los ojos asombrados de tío Argus, los doce hermanos Carranza unieron sus brazos y sus piernas en prodigiosas contorsiones y equilibrios. Kiyú el Mentalista levantó una radiante pirámide de copas y Marga la Bala sobrevoló el cielo de la carpa para detenerse, de puntillas, sobre ella. Desfilaron cebras emplumadas, elefantes teñidos de plata, malabaristas haciendo girar entre sus manos falsos diamantes del tamaño de puños... Y tío Argus, inventor de lo que aún no existe, el más brillante e inquieto de los viajeros, se maravillaba al ver suceder tantos prodigios ante sus ojos.

Quizá porque aún se hallaba sumido en esa especie de ensoñación, tío Argus tardó unos minutos en darse cuenta de que la muchacha que caminaba en esos momentos sobre sus cabezas, en equilibrio sobre un hilo casi invisible y provista de una corta capa azul, era su sobrina. Pero cuando Lila se lanzó al vacío y quedó colgando boca abajo, sostenida por una larga cadena de trapecistas y con su cara exactamente a la misma altura que el rostro asombrado de tío Argus, los dos se reconocieron y se echaron a reír de puro contento.

–¡Iré contigo a San Petersburgo! –le dijo tío Argus desde su asiento.

Y aunque Lila no alcanzó a oírle, pues le zumbaban los oídos y la banda del circo comenzaba a tocar en ese momento la marcha triunfal, supo lo que había dicho y asintió con energía antes de ser lanzada por los aires hasta el otro lado de la pista.

Así fue como tío Argus se unió también al circo. Y como nadie podía estar ocioso en un lugar así, y mucho menos un inventor lleno de curiosidad, durante los siguientes días se dedicó a preguntar a unos y otros todo lo preguntable, a dibujar febrilmente en sus cuadernos y a proponer soluciones para cualquier pequeño detalle que, en su opinión, pudiese ser mejorado. Se enzarzaba en interminables discusiones con los trapecistas o con la domadora de serpientes, con Kiyú y con las Cuatro Damas Audaces. Pocas veces había tenido al alcance tantas personas extraordinarias con las que conversar, y esto le entusiasmaba.

–¿Alguna vez se ha hipnotizado a sí mismo? –le preguntó en cierta ocasión al señor Brigadier, por quien sentía una gran simpatía.

El director de pista sonrió complacido, pues era algo que nadie le había preguntado antes.

–Sospecho que siempre me hipnotizo un poco, la verdad –dijo, estirando sus piernas y recostándose cómodamente sobre el lomo del hipopótamo sobre el cual viajaba aquel día–. Pero no hace falta que escriba mi deseo, porque hace mucho que lo conozco: ser lo que soy, estar donde estoy, y mañana, a ser posible, todo distinto y un poco mejor.

Tío Argus asintió, más que satisfecho con la respuesta, y poco después ya conversaban animadamente acerca de cualquier otro asunto.

Fruto del trabajo de Argus durante aquellas semanas fueron unas duchas extensibles para las jirafas, un trapecio triple con posibilidad de dar vueltas de campana y una mecha que chisporroteaba como un fuego de artificio, azul, rojo y verde, para el cañón de Marga la Bala.

Además, tío Argus también reparó el comedero de los colibríes y el imitador de voces, y pasó noches y noches en vela estudiando algunos de los misteriosos objetos que el circo había recogido en sus viajes.

Entretanto, el circo se había ido acercando progresivamente a la frontera suroeste de Rusia. En cuestión de una o dos semanas, le explicó una mañana el señor Brigadier a Lila, comenzarían a bajar de nuevo hacia el sur, y llegaría el momento de separarse. Ante la proximidad de su destino, la muchacha y tío Argus comenzaron a informarse sobre San Petersburgo, aquella ciudad levantada frente al mar por orden del zar para convertirla en la nueva capital de Rusia. La domadora de nutrias había vivido allí y les habló de sus hermosas avenidas y de los canales, semejantes a los de Venecia, que las naves recorrían.

–Si llegáis en invierno, la nieve lo habrá cubierto todo y os parecerá pasear por una ciudad de cristal. Pero si llegáis en primavera, las mimosas se habrán tomado su venganza y no encontraréis calles más perfumadas por encima del trópico.

Durante las dos semanas siguientes, recabaron entre los artistas datos de este tipo que acrecentaron sus deseos de conocer aquella magnífica ciudad llena de palacios, bulevares y jardines, hasta que finalmente llegó el día previo a la despedida.

En contra de lo que pudiera pensarse, no fue un momento triste. Aquella última noche, el circo ofreció un número especial. Esta vez la que subió hasta lo más alto de la radiante pirámide de copas fue Lila, y una vez allí se despidió con una sentida reverencia del público, de la carpa, de los animales y de todos los artistas del circo que durante aquellos meses habían sido una familia para ella.

Partieron a la mañana siguiente, tan temprano que todos dormían aún. Solo el señor Brigadier, montado en Triple Erre, los acompañó un trecho del camino. Cuando por fin se separaron, la elefanta y él permanecieron largo rato mirando cómo Lila y tío Argus se iban convirtiendo en pequeños puntitos que terminaron por desaparecer en el horizonte.

–Creo que podría haber llegado a ser una equilibrista realmente excepcional –le dijo el señor Brigadier a Triple Erre, y ella, con un largo resoplido, no pudo por menos que darle la razón.

4

SAN PETERSBURGO

CUANDO LILA Y TÍO ARGUS llegaron a San Petersburgo, caía una lluvia fina pero constante sobre los palacios y los puentes que se levantaban junto al río Neva. De este modo descubrieron que el principio de la primavera en la nueva capital de Rusia no olía a mimosas ni tampoco era intensamente blanco, sino que tenía sabor a piedra mojada y a agua sobre la extensión verde de la bahía. La ciudad era elegante, limpia y tan majestuosa que, paseando por sus amplias avenidas, Lila y tío Argus no pudieron por menos que sentirse optimistas respecto a su inmediato futuro. Lila se preguntaba tras cuál de aquellas grandes ventanas estaría el hogar de Pedrúsculo Ivinovich y si tendría montones de caracoles por toda la casa, mientras que tío Argus caminaba con paso ligero, deseando conocer cuanto antes a los miembros del Real Gabinete, quienes con seguridad no solo le proporcionarían gran cantidad de respuestas, sino un número ilimitado de nuevas preguntas.

Bastaron unas horas, sin embargo, para que el ánimo de los viajeros decayese considerablemente. La lluvia terminó de empapar el abrigo de Lila, oscureciendo bajo él su tutú azul de trapecista, y la capa de terciopelo de tío Argus, regalo del señor Brigadier y tachonada de lentejuelas rojas y verdes, se volvió con las horas más y más pesada. Para cuando la tarde comenzó a caer tenían frío, un hambre considerable, y no habían dado con nadie en toda la ciudad dispuesto a indicarles dónde se encontraba la sede del Gabinete. Según parecía, el miedo a los espías se había adueñado de los petersburgueses sellando sus labios.

Fue un caballero francés, que como ellos se había refugiado de la lluvia bajo el soportal de una iglesia de doradas cúpulas, quien finalmente les explicó el origen de aquel inusitado temor.

La historia era la siguiente. Varias semanas atrás, había llegado a San Petersburgo una joven condesa procedente de París. Pese a que nadie tenía referencias sobre ella, ni se sabía dónde se alojaba ni con quién se relacionaba, había logrado ser recibida por lo más distinguido de la sociedad capitalina. Para ello le había bastado lucir en sus breves paseos por las principales avenidas de la ciudad una serie de fabulosas joyas, cuya belleza y extraordinario valor fueron durante días el tema de conversación de las veladas más elegantes. Se hablaba de collares con zafiros del tamaño de huevos de codorniz, pulseras de ámbar, pendientes de coral, filigranas de oro y perlas rosas y grises... A tal extremo llegó la expectación en torno a la adinerada y esquiva condesa que el mismo zar encargó al chambelán mayor que le entregase, en plena calle si era preciso, una invitación para que asistiese aquella noche a su fiesta de cumpleaños.

No había nadie en San Petersburgo, ni en toda Rusia, que no hubiese soñado alguna vez con recibir una invitación semejante. Y es que, además de disfrutar de la belleza incomparable de los salones del palacio y de participar en los juegos y bailes que tendrían lugar durante buena parte de la noche, los afortunados invitados tendrían el privilegio de probar el pastel de cumpleaños del zar, cuya receta, perfeccionada a lo largo de varias generaciones, era el secreto mejor guardado de las cocinas imperiales. Se decía que su sabor era tan delicado y dulce, tan lleno de matices y esponjosos trasfondos, que quien lo saboreaba una vez era incapaz de olvidar jamás la fecha del cumpleaños del monarca.

La misteriosa condesa fue, por tanto, invitada, y desde la calle centenares de personas, arremolinadas en torno a las verjas, la vieron entrar en el palacio, adornada para la ocasión con joyas de enorme esplendor. Luego, las puertas se cerraron, y hasta la mañana siguiente la ciudad no supo de lo ocurrido durante la fiesta ni del papel que en todo ello tuvo la enigmática dama. El relato de lo sucedido fue susurrado con espanto por unos y otros, y la historia se extendió a tal velocidad por San Petersburgo que poco antes del mediodía no quedaba nadie en la capital que no conociese todos sus detalles.

Según se contaba, tras los habituales juegos y bailes, en los que la dama en cuestión había sido tratada con especial deferencia y cortesía, se apagaron las luces del salón principal para dar entrada al fabuloso pastel, que llegó sobre una gran mesa con ruedas empujada por ocho mayordomos. Aquel año, el repostero imperial se había superado a sí mismo y la tarta alcanzaba por primera vez los siete pisos de altura. Para dar mayor realce a esta hazaña, se le había permitido multiplicar por diez el número de velas que correspondían a la edad del zar, sumando así varios centenares. El resultado no solo arrancó de inmediato los aplausos de los invitados, sino que tuvo como consecuencia inmediata un ligero aumento de la temperatura del salón; no en exceso, tan solo unas décimas, lo suficiente, sin embargo, como para que el ámbar dorado, los rubíes y los zafiros que adornaban las delicadas orejas, el blanco cuello y las exquisitas muñecas de la condesa se deshicieran ante los ojos estupefactos de los presentes, revelando no ser más que joyas de caramelo, coloreadas con zumo de frutas y tan falsas como el título de su dueña.

Tan desconcertados quedaron cuantos allí estaban, desde el monarca al último mayordomo, que fueron incapaces de reaccionar a tiempo y detener a la impostora, quien, entretanto, y tras apagar con un gesto de su abanico las setecientas velas, huyó aprovechando la oscuridad

con una cucharilla dentro de la boca y un único bocado de pastel indicándole a su experto paladar de repostera la composición y elaboración exacta de la secreta receta.

Al concluir el caballero francés su relato, tío Argus no tuvo más remedio que dar la razón a los petersburgueses. Si una pastelera parisina había sido capaz de perpetrar semejante tropelía, ¿qué no serían capaces de hacer, se debían preguntar aquellos buenos ciudadanos, dos extranjeros que preguntaban ni más ni menos que por el Real Gabinete, donde tantos conocimientos se guardaban y los hombres más sabios del país realizaban sus investigaciones?

Pero sin esta información, reflexionaron mientras se ponían de nuevo en macha, la única posibilidad que

tenían de encontrar al profesor Pedrúsculo Ivinovich era que se cruzasen casualmente con él, algo ciertamente poco probable, y en cuyo caso rogaban que no hubiese cambiado en exceso desde hacía nueve años, ya que, de otro modo, difícilmente podría tío Argus reconocerlo. Solo recordaba que era bajo, delgado, que tenía la nariz estrecha, el pelo oscuro, y que solía llevar un fino y cuidado bigote. Pero los bigotes van y vienen, se decían (tío Argus lo sabía por propia experiencia), y podía haber engordado o haberse quedado completamente calvo. Estos eran sus apesadumbrados pensamientos cuando la lluvia arreció y, pese a que no podían mojarse más de lo que ya estaban, buscaron nuevamente refugio en una portería cercana.

Allí se encontraban, observando pasar a los apresurados transeúntes con la esperanza de vislumbrar alguna nariz estrecha y alargada, cuando a Lila le llamó la atención una elegante placa dorada, del tamaño de una tarjeta de visita, atornillada al marco de la puerta. En ella podía leerse: «A. L. G. Cartógrafa y Exploradora. Piso 3.º». Durante unos segundos miró las iniciales con indiferencia, pero repentinamente se hizo la luz en su mente y, tomando del brazo a su tío, lo arrastró escaleras arriba, explicándole tan atropelladamente el descubrimiento que acaba de realizar que solo frente a la puerta del tercer piso él logró comprender lo que le decía. Precipitadamente trató entonces de escurrir su capa y adecentar su sombrero, mientras Lila tiraba con fuerza del cordel que pendía de un lateral de la gran puerta de madera. Una campana sonó al otro lado, con grave dignidad, y ambos esperaron, Argus bastante tieso y Lila balanceándose impacientemente sobre sus zapatillas de equilibrista.

Se escucharon amortiguados pasos y el descorrer de numerosas cerraduras. Un momento después tenían ante ellos a la mismísima Leonora Okavango, geógrafa, viajera y la primera mujer negra que había explorado la totalidad de Europa. Su vestimenta no era, sin embargo, la que hubiesen imaginado para una aventurera como ella. Vestía un batín rosa lleno de flecos y flores, y unas pantuflas a juego con grandes pompones de plumas teñidas. Para colmo, su cabello estaba distribuido en innumerables mechones, atado cada uno de ellos con un pequeño lacito rosa.

La sorpresa de Lila y Argus ante semejante atuendo no fue, ni mucho menos, mayor que el asombro de Leonora al verlos ante su puerta.

–¿Lila? ¿Argus? –dijo con cautela, escudriñándolos como si también ella sopesase la posibilidad de que se tratase de impostores. Cuando se convenció de que eran ellos, se tapó la boca con incredulidad–. ¡Vosotros! ¡Aquí! ¡Pero Lila, has crecido al menos medio metro! ¿Y qué son esos zapatos? ¿De dónde los has sacado? Nunca he visto nada igual. Y usted, Argus ¿desde cuándo utiliza capas de terciopelo? ¡Y con lentejuelas! Tenéis un aspecto realmente... –se detuvo un instante, tratando de encontrar la palabra exacta, y fue entonces cuando vio el charco de agua que comenzaba a formarse en el rellano y dio con la palabra–: ¡empapado! –y con grandes aspavientos les hizo pasar, prometiéndoles ropa seca y algo de comer.

Poco después, efectivamente, ambos estaban enfundados en sendos batines, semejantes en todo al que vestía la señora Okavango, solo que de color amarillo pálido el de tío Argus y azul celeste el de Lila. Pese al peculiar aspecto que tenían con ellos, ambos reconocieron que eran extraordinariamente suaves y cálidos, de modo que no se quejaron cuando Leonora les sacó unas pantuflas a juego, con sus correspondientes pompones de plumas en la puntera.

Toda la casa de Amalia Leonora participaba de la curiosa visión que del mundo tenía su dueña. De las paredes colgaban, como exquisitas piezas de arte, artículos tan variados como una bolsa para el agua caliente, unas pinzas de cocina o un rizador de pestañas. También podían verse una pajarita, un sacabocados y un juego completo de bolos. Después de todo, pensó Lila, aquellos eran para Leonora los exóticos trofeos obtenidos a lo largo de sus viajes por Europa. Entretanto, la exploradora no había dejado de hablar, saltando de un tema a otro, tal como solía hacer aquellas dos semanas que pasó en Coto Redondo, dando la impresión de que había demasiadas cosas acerca de las que conversar como para que alguien tuviese tiempo de detenerse en ninguna de ellas.

–¿Cómo están Regina y Lucas? –preguntó mientras les servía una humeante sopa de remolacha–. ¡Qué deliciosa era su mermelada! ¡Sencillamente deliciosa! Lucas me aseguró que el único secreto era no añadirle ni una pizca de azúcar. Pero puedo asegurarte que yo lo intenté sin ningún éxito. La próxima vez que vaya, si es que voy, porque hace tiempo que no salgo de expedición..., la próxima vez, digo, pienso repetir tostadas con mermelada todas las mañanas. Pero ¿no me digas que llevas un bote contigo, Argus? ¡Qué previsor! ¿Qué os parece si preparo unas tostadas ahora mismo? Y ahora que caigo –dijo deteniéndose un instante con el cucharón en alto y mirando alternativamente a sus invitados–, ¿qué hacéis vosotros en San Petersburgo?

Lila dejó a un lado la cuchara, tomó aire y trató de aprovechar la ocasión de intervenir.

–Necesitamos encontrar el Real Gabinete de Actividades Científicas, pero llevamos todo el día caminando y nadie quiere decirnos dónde está –dijo de carrerilla.

–Según parece, creen que somos espías –añadió tío Argus, no sin cierto orgullo.

Leonora asintió, divertida.

–Es por lo de la condesa del pastel –dijo con los ojos brillantes. Aquellas anécdotas le encantaban–. Imagino que habréis oído hablar del asunto. Sí, ya veo. El zar está furioso. ¡Oh, sí que lo está! Yo, por mi parte, me alegro, y no soy la única. ¡Os aseguro que más de un ruso visitará las pastelerías de París en breve! Pero contadme: ¿para qué queréis ir al Gabinete? Os advierto que, aunque queráis visitar la exposición, todo el edificio lleva semanas cerrado.

–¡Cerrado! –exclamó tío Argus, consternado.

–¿Qué es lo que se expone en el Gabinete? –preguntó en cambio Lila, que no sabía nada de ninguna exposición.

–Las colecciones del zar, claro está –dijo Leonora–. Hay de todo, cosas raras en su mayoría, ya sabéis…, ese tipo de cosas que hay en los gabinetes.

Lila no tenía ni idea de a qué tipo de cosas se refería, pero no quiso interrumpirla.

–¿Veis esto? –decía ahora la exploradora, mostrándoles una gran medalla de bronce que llevaba colgada del cuello, bajo la bata–. Hace algún tiempo me nombraron miembro honorífico del Real Gabinete. No tengo laboratorio, eso es cierto, pero gracias a ese nombramiento puedo entrar y salir siempre que quiera. Aunque la verdad es que últimamente no he ido mucho por allí. No desde que al profesor Ciro se le escapó la tarántula. De eso hace ya... A ver, dejadme pensar... Sí, casi dos meses. Según sus apuntes, ese ejemplar tenía unas dimensiones considerables. No debía ser menor que tu puño, querida. Aunque eso nadie puede asegurarlo, ni siquiera el profesor. En opinión de algunos, todo fue un puro invento, y de sus viajes Ciro no trajo más que un libro de acuarelas y unas flores de lo más inofensivas. Pero según otros, la araña viajó con él en el interior de una de aquellas flores, absoluta y completamente mimetizada con su corola de pétalos, y sin que Magnus Ciro se diese cuenta hasta días después de llegar a su laboratorio. Según esta versión, descubrirla y dibujarla en su cuaderno de campo fue lo último que hizo el profesor, pues después se murió repentinamente, nadie sabe por qué. Aunque hay varias teorías al respecto, yo estoy convencida de que... Pero disculpadme, eso es algo que no viene a cuento. Me estabais contando algo –Leonora, levantando una mano para que no se lo soplasen, entrecerró los ojos para hacer memoria y retomar así el hilo de la conversación. Cuando recordó lo que andaban buscando sus amigos, se le iluminó el rostro–. ¡Ah, el Gabinete! ¿Y para qué queréis entrar en el Gabinete? Os advierto que desde lo de la tarántula han prohibido el acceso al público.

–Buscamos al profesor Pedrúsculo Ivinovich –dijo Lila con firmeza–. Es mi tío.

–Tío segundo, en realidad –apuntó tío Argus, como quien no quiere la cosa.

–¿Qué me dices, niña mía? ¡El profesor Ivinovich tu tío! –exclamó Leonora, y tan sorprendida estaba que se puso en pie de un salto, como si tuviese que hacer algo urgentemente con esa noticia, para después dejarse caer de nuevo sobre la silla. Los lacitos de su pelo se agitaron cuando movió la cabeza, asintiendo y negando alternativamente–. No tenía la menor idea, aunque, claro, tampoco tuve oportunidad de conocerle personalmente. Cuando yo llegué a San Petersburgo, el *Varsovia* ya había partido, desgraciadamente, porque me hubiese gustado viajar con ellos, aunque tal como han ido las cosas... –llegado este punto, su voz se apagó y miró con inquietud a sus invitados.

–¿Qué es el *Varsovia*? –preguntó tío Argus rápidamente. Pero Lila, alarmada, no esperó la respuesta.

–¿Que quieres decir con «tal y como han ido las cosas»?

–Ay, querida, querida... –respondió Leonora. Y sin saber cómo afrontar esa conversación, les sirvió a todos más pastel de batata; luego, decidió comenzar por la respuesta más fácil–. El *Varsovia* es el nuevo barco del Gabinete. Este era... ¡Es! –corrigió rápidamente– su primer viaje. Partió hace poco más de un año y medio, y el profesor Ivinovich formaba parte de la expedición.

–Ya veo –dijo tío Argus, mirando de reojo a su sobrina–. ¿Y para cuándo está previsto que regresen?

–Pues... ese es el problema... No se sabe –respondió Leonora, eligiendo cuidadosamente las palabras–. Hace unos meses dejaron de llegar noticias y hay una cierta..., ¿cómo decirlo?..., ¿preocupación?

El nudo que había comenzado a formarse en la garganta de Lila pareció apretarse más y más. Miró fijamente sus pantuflas azules, tratando de disimular las lágrimas que comenzaban a acumularse en sus ojos mientras tío Argus, comprensivo, ponía una mano en su hombro.

–Pero, querida, querida –dijo Leonora, apenada por la brusquedad con la que había dado la noticia–, pensé que lo sabíais. ¡Qué tonta he sido, qué tonta! No debes preocuparte, estoy segura de que estarán bien. ¡El capitán del barco es un Guttrosky! ¡No hay hombres más duros en toda Rusia, auténticos cosacos! O al menos lo es por parte de madre, porque por parte de padre es polaco, sí, eso es, polaco... De ahí el nombre del barco, eso creo... Y ya se sabe, ¿verdad, Argus?, que en estas expediciones siempre surgen imprevistos. Cuando recorres el mundo, no siempre encuentras un buzón cuando más lo necesitas...

–¿Cuáles fueron las últimas noticias del *Varsovia*? –quiso saber tío Argus, tratando de mostrarse práctico–. ¿Dónde se encontraba?

Leonora le miró con aire compungido.

–Me temo que no lo sé. En el Índico, quizá. Creo que eso fue lo que oí –dijo sin convicción–. En el Gabinete no han querido dar demasiada información. Además, desde el asunto de Ciro, nadie se acerca por allí. Pero mañana iremos, ¿qué os parece? Con tarántula o sin ella. Y veremos qué podemos averiguar.

5
El Real Gabinete

A la mañana siguiente, Leonora, ya sin los lacitos en el pelo, los llevó al palacete en el que se ubicaba desde hacía algunos años, de forma provisional, el Real Gabinete. Los dos soldados apostados en la entrada se cuadraron rápidamente al verlos llegar y, sin mediar palabra, cruzaron frente a ellos sus alabardas. Los pendones rojos se balancearon amenazadoramente ante sus narices, pero Leonora, lejos de amedrentarse, se limitó a mostrarles su medalla. Tras un ligero titubeo, los soldados no tuvieron más remedio que retirar las lanzas y franquearles el paso.

–¡Démonos prisa! –susurró Leonora, mucho menos confiada de lo que aparentaba–. No me extrañaría que alguno de ellos decidiese advertir de nuestra visita a su capitán. ¡Caramba con la condesa del pastel! –refunfuñó–. Me alegra que los parisinos puedan disfrutar de ese delicioso pastel, pero a nosotros nos está complicando la mañana.

Ni tío Argus ni Lila, cuyas zapatillas apenas producían sonido alguno sobre aquel espléndido suelo de mármol, le respondieron. Es posible que ni siquiera le oyesen, pues ambos se habían quedado completamente boquiabiertos al entrar en la primera sala. Su asombro no se debía a la señorial escalera de piedra que daba acceso al segundo piso, ni a la majestuosa lámpara de cristal que coronaba la sala, apagada a esas horas de la mañana, ni a los enormes espejos de marcos dorados, los pesados cortinajes o las sillas forradas de damasco, sino a todo lo demás. A los seis oscuros cocodrilos que pendían del techo, terroríficos pese a estar disecados, y a las cuatro enormes conchas de tortugas marinas fijadas en una de las paredes. A los nueve metros de piel de una boa constrictora, a los escudos tribales de madera pintada y las lanzas adornadas con plumas que se amontonaban junto a ellos. A las vitrinas de caoba y cristal con puñales primitivos y cabezas reducidas en su interior, y a los huesos de tamaño monstruoso que colgaban sobre el dintel de las puertas. Había tanto que ver que a duras penas consiguió Leonora que la siguieran escaleras arriba, entre paredes cubiertas de exóticas cornamentas. Luego atravesaron la sala de minerales, con piedras arrancadas de la tierra y otras caídas del cielo, y la sala de las semillas, algunas de las cuales, petrificadas, guardaban sus secretos sin que fueran a germinar nunca.

Continuaron caminando pese a que mil objetos reclamaban su atención. Leones, osos pardos, tigres siberianos, puercoespines, marmotas y antílopes disecados, detenidos cada cual en un gesto que imitaba a la vida. Cajas de insectos de finísimas alas, piezas de ámbar, esqueletos de coral, antiguos mapas enmarcados, reliquias de santos en cajas de plata, relojes de exquisita decoración y complicados mecanismos, miniaturas talladas en marfil, bustos de yeso con los rasgos de las distintas razas, ídolos de madera con

auténticos dientes de marfil, botellas de grueso vidrio en cuyo interior, conservados en algún líquido amarillento, flotaban serpientes, peces, escolopendras, e incluso lo que les pareció un corazón humano.

Caminaron así, entre maravillados y aturdidos, a lo largo de las salas donde el zar había querido reunir el saber de la época, comprando para ello colecciones por toda Europa y fletando expediciones como la del *Varsovia*, que además de llevar a cabo importantes investigaciones debía recoger en el curso de su viaje cuanto de curioso o misterioso encontrase.

Leonora los azuzaba para que fuesen más rápido. Si querían acceder a la zona de los laboratorios antes de que los soldados reaccionasen, no podían detenerse frente a cada mueble como lo hacían los petersburgueses los días de fiesta, observando tras los cristales aquella serie de portentosos especímenes del mundo animal, vegetal y mineral. Lila y tío Argus tuvieron que resignarse a entrever el destello de los granates y la pirita, las delicadas esporas de los hongos africanos y, en la sala dedicada a las aves, el bello plumaje de flamencos y aves del paraíso, así como los aparadores llenos de nidos y huevos minuciosamente dispuestos por tamaño y color.

Finalmente, dejaron atrás las salas destinadas al museo y el palacete recuperó el aspecto que debía tener en su origen, antes de que las colecciones imperiales fuesen trasladadas allí. Se detuvieron ante una puerta sencilla.

–Aquí comienza el espacio reservado para los miembros del Gabinete –les dijo Leonora–. Tras esta puerta están los laboratorios.

Tomando aire, Leonora giró el pomo y empujó.

–¡Allá vamos! –dijo, y su voz, quizá porque aún pensaba en la tarántula mimética, sonó como si se fueran a internar en las mismísimas selvas de Borneo.

Ante ellos, sin embargo, se extendía tan solo un sobrio y tranquilo pasillo pintado de blanco, iluminado por grandes ventanas laterales. Una serie de puertas se abrían frente a ellas, en el lado izquierdo. Probablemente, con anterioridad, aquellas habían sido las dependencias de la servidumbre.

A medida que avanzaban, vieron que en cada puerta figuraba un nombre, precedido siempre por el título de profesor o doctor: Dr. Karkhiov, profesor Humus, profesor Fathid... No se escuchaba sonido alguno tras ellas. Según parecía, eran los únicos que habían decidido ignorar la sigilosa presencia de la tarántula. Se detuvieron frente a la séptima de aquellas puertas. Antes de que Leonora la abriese, Lila alcanzó a leer el nombre escrito sobre ella: «Profesor P. Ivinovich». Con una extraña sensación en el estómago, se dispuso a entrar.

Dentro estaba tan oscuro que titubearon, tropezando torpemente los unos con los otros. Tío Argus farfulló algo acerca de unos fósforos que debía tener en el bolsillo, pero antes de que lograse dar con ellos, un fino rayo de luz azulada cruzó la habitación de lado a lado, como si se hubiese abierto un agujero no mayor que una moneda en las pesadas cortinas que velaban las ventanas.

–¡Cierren la puerta! –exigió, impaciente, una voz desconocida, y tío Argus, que había sido el último en entrar, cerró de inmediato tras él. Se quedaron en aquella semioscuridad atravesada por el estrecho rayo de luz que les permitía intuir las formas de las estanterías, las probetas, los hornillos y los microscopios que los rodeaban.

En el extremo contrario lograron distinguir también la figura de un hombre más bien menudo.

–¡Qué diablos! –dijo el desconocido con más resignación que enfado, y al instante el estrecho hilo de luz se desplegó suavemente en un haz, iluminando toda la sala.

Los recién llegados pudieron ver entonces que el laboratorio del Dr. Pedrúsculo Ivinovich se encontraba en un desorden absoluto, con las mesas cubiertas de papeles garabateados, pilas de libros, instrumental disperso y jaulas vacías. Cajas, lentes de aumento, pinzas, quemadores, acuarios, probetas y conchas de grandes caracolas se amontonaban también en las estanterías cubiertas de una gruesa capa de polvo. Pero lo cierto es que apenas echaron un vistazo a todo esto, pues su atención se centró de inmediato en el hombre que tenían frente a ellos o, más bien, en el frasco que sostenía entre sus manos y del que provenía, si sus ojos no los engañaban, aquella iluminación azulada.

Era un frasco de vidrio oscuro y tamaño mediano, no mayor que el de un buen perfume. Una luz azulada se filtraba por los bordes del tapón.

–Luz del sur de la Patagonia –les dijo el desconocido dejando el frasco con suavidad sobre una mesa polvorienta–. En concreto, del interior de uno de sus mayores glaciares.

Leonora estaba tan asombrada como todos los demás, pero, recordando quizá su insignia, trató de aparentar una seguridad que no tenía y miró a aquel hombre frunciendo el ceño.

–¿Quién es usted? –preguntó, pues era evidente para todos que no se trataba del Dr. Ivinovich.

–El profesor Aman Fathid, para servirle –respondió él con su dulce acento extranjero. A continuación, acercándose hasta ellos, tomó la mano de la exploradora y se la llevó a los labios. La besó con tal cortesía que dejó a Leonora momentáneamente fuera de combate.

Mientras el profesor Fathid, cortésmente, repetía esta operación con Lila, tío Argus, desentendiéndose de las presentaciones, se acercó cautelosamente a aquella peculiar fuente de luz, incapaz de satisfacer su curiosidad desde donde se encontraba.

–Y... dígame, profesor –logró decir Leonora, reponiéndose de su inicial sorpresa y tratando de ser más amable–, ¿qué hace usted en el laboratorio del Dr. Ivinovich?

–¡Ah, eso! Necesitaba un lugar oscuro para comprobar la calidad de una muestra –explicó él con desenvoltura–. No tengo la menor duda –añadió con una sonrisa– de que a mi colega no le importaría. Somos buenos amigos y sabe que no tocaré nada. El laboratorio que me ha prestado el Gabinete en esta ocasión no tiene cortinas, un inconveniente serio, dadas las características de mis investigaciones. Pero bien, no voy a ser yo quien me queje, pues ha sido una suerte disponer con tanta rapidez de...

Lila, sin poder contenerse más, le interrumpió:

–¿Conoce usted a mi tío?

–... segundo –no pudo dejar de advertir tío Argus desde donde se encontraba.

–¿Su tío? –dijo Fathid, mirándola sin saber de qué le estaba hablando–. ¿Quién es su...? ¡Oh, caramba! ¿Debo entender que el Dr. Ivinovich es tío suyo? –preguntó mientras sus ojos oscuros, enmarcados por largas pestañas, examinaban con mayor atención a la muchacha. Ella asintió una única vez, con firmeza–. Eso significa que usted debe ser... ¡ni más ni menos que la pequeña Lila Sacher! ¿No es eso cierto?

Lila sonrió, feliz al constatar que Pedrúsculo Ivinovich le había hablado de ella al profesor.

–¡Exacto! –intervino sin embargo Leonora, decidida a demostrar que aún no se fiaba del todo de aquel hombre–. Discúlpeme si insisto, pero no le conozco de nada, y le informo de que soy miembro honorífico de este Gabinete. ¿Tiene usted permiso para estar aquí? ¿Y qué tipo de investigaciones realiza en el laboratorio de mi colega?

–¡Por supuesto que tengo permiso! –respondió el profesor, más divertido que ofendido–. ¿Acaso tengo que mostrarle la insignia?

Ante el grave gesto de asentimiento de Leonora, Fathid tiró de una fina cadena que llevaba al cuello y sacó de debajo de su bata blanca una medalla semejante a la de la exploradora.

–En cuanto a mis investigaciones –añadió algo más serio–, únicamente tengo que rendir cuenta de ellas al zar, y es posible que al director del Gabinete –aquí el profesor pareció que iba a sonreír de nuevo, como si se tratase de una broma privada, pero continuó hablando con toda seriedad–. Aunque, mi estimada colega, si su interés es sincero, le explicaré con sumo placer cuanto desee saber. Por otra parte... me parece que también yo podría dudar de que su situación aquí sea legítima. En los años que llevo trabajando para este Gabinete, y son ya unos cuantos, no la he visto a usted ni una sola vez. Por si eso fuera poco, viene acompañada de invitados, y yo diría que a las visitas no les está permitido el acceso a esta zona. Además, puestos ya a hacernos preguntas, ¿qué es lo que se supone que iban a hacer ustedes en el laboratorio del que también es mi colega, el profesor Ivinovich?

Fathid, que había pronunciado todo este discurso de un tirón, se quedó sin aliento. Aún no había decidido Leonora por dónde comenzar a contestarle, cuando la luz en la habitación aumentó de un modo tan intenso que tuvieron que cerrar los ojos con fuerza.

–¿Pero qué está haciendo? –se oyó gritar al profesor–. ¿Quiere hacer el favor de volver a colocar el tapón? ¡Ese frasco me costó dos meses de trabajo, por no hablar de un monumental resfriado!

Un instante después, incluso con los ojos aún cerrados, Lila se dio cuenta de que la luz disminuía. Cuando los abrió, la habitación estaba de nuevo a oscuras. Completamente a oscuras. Oyó resoplar a Fathid y un murmullo de disculpa llegó desde donde se encontraba tío Argus.

–Y ahora, si me hace el favor –dijo el profesor tratando ostensiblemente de mantener la calma–, ¿puede dar solo una vuelta, hágame caso, solo una vuelta, al tapón?

Un fino rayo de luz atravesó la sala. En el otro extremo, tío Argus, con aire culpable, les sonrió tímidamente.

–Perdóneme, profesor –dijo–, ¡pero es que esto es algo realmente extraordinario!

–¿Verdad que sí? –respondió Fathid con entusiasmo y olvidando de inmediato su irritación.

Dirigiéndose hacia tío Argus, tomó de sus manos el frasco. Mirándolo con afecto, dio otra ligera vuelta al tapón y la luz, de una intensidad agradable, inundó la sala.

–¡La luz! –dijo el profesor, suspirando como si acabara de pronunciar el nombre de su amada–. Ella es la que nos permite interpretar el mundo.

Parecía dispuesto a obsequiarlos con un discurso acerca de este tema cuando se vio nuevamente interrumpido, esta vez por Lila, quien en un descuido volcó una probeta que, a su vez, desencadenó una pequeña cadena de desastres sobre la mesa.

–¿Qué les parece si vamos a mi laboratorio? –propuso el profesor Fathid, algo inquieto por la seguridad tanto de los invitados como del instrumental de Ivinovich–. Está algo más limpio y, con suerte, podré ofrecerles un té caliente.

6

LAS CARTAS DEL *VARSOVIA*

A TRAVÉS DE LAS VENTANAS del laboratorio del Dr. Fathid, desprovistas de cortinas, comprobaron que volvía a llover. Por lo demás, Leonora estaba dispuesta a discutir que ese laboratorio estuviese más limpio que el del profesor Ivinovich. Sobre sus mesas se amontonaba una ingente cantidad de lentes y vidrios coloreados, prismas de cristal tallado y cajas repletas de espejos y artilugios que eran un delicioso misterio para tío Argus.

En medio de todo ello destacaba, dispuesto sobre una silla, un armarito lacado en negro de algo menos de medio metro de alto. A tío Argus le llamó de inmediato la atención debido a las dos anchas cintas de cuero ingeniosamente dispuestas en su parte trasera para hacer de él, por así decirlo, una mochila de madera. En respuesta a sus preguntas, el profesor Fathid abrió con evidente orgullo sus puertecillas, decoradas con finos dibujos de sombrillas orientales, mostrándoles un interior cuidadosamente compartimentado en docenas de pequeños cajones, cada uno de ellos con su tirador de marfil. Esos cajones, forrados de mullido terciopelo rojo, habían guardado en otro tiempo un diminuto juego de té de porcelana que incluía teteras, coladores, tarritos con mezclas de distintas hierbas, cucharillas, azucareros, platillos y cuencos, todo ello

propiedad de un rico comerciante. Después de un desafortunado accidente campestre, en el cual se había perdido hasta la última de aquellas piezas, su dueño le había vendido el armario a Fathid, pues su sola visión le recordaba el doloroso estrépito de la porcelana al quebrarse. El profesor lo había llevado desde entonces en todos sus viajes, pues sus cajones almohadillados eran perfectos para transportar con el debido cuidado gran cantidad de aquellos frascos de cristal oscuro.

–Estas son las muestras de la última expedición –dijo, extrayendo con amorosa lentitud una de aquellas botellitas, en cuya etiqueta se podía leer: «N.º 166 / 20 de septiembre / Luz de la tarde en la costa de Levante».

Volviéndose hacia una de las estanterías, dejó el frasco entre otros muchos que ya se acumulaban allí.

–Estos frascos contienen luz de Chipre, de Ankara y de Benarés –dijo mientras pasaba los dedos a pocos centímetros de los botes, como si al hacerlo pudiese evocar cada uno de aquellos lugares–, de El Cairo, de Santo Domingo, de Roma y de la ciudad santa de Jerusalén, luz de Belice, de Madeira y de Ceilán, de Abisinia, de Viena, de Cerdeña, Samarkanda, París y Marrakech... Luz recogida en pleno invierno o en lo más ardiente del verano, a principios de la primavera, a finales del otoño, a cualquier hora del día y de la noche, en la soledad del desierto o del océano, pero también en medio de verbenas y grandes festejos... Y no solo eso –añadió, volviéndose ahora hacia ellos con los ojos encendidos por el entusiasmo–, algún día lograré mezclarlas del mismo modo que los perfumistas mezclan las esencias de todo el planeta. Obtendré nuevas luces, luces que permitirán ver el mundo como nunca antes ha sido visto.

Sus invitados le escuchaban sin terminar de entender, pero contagiados por la pasión con la que el profesor hablaba de su trabajo. Lo extraño era que el resto del laboratorio parecía responder a otros intereses. Abundaban las herramientas destinadas al jardín, azadas, rastrillos y palas, tiestos vacíos, botes de semillas, sacos de tierra y abono... También las paredes, allí donde se veían libres de estanterías, estaban cubiertas por detallados dibujos de plantas y flores ligeramente coloreados con acuarelas y rodeados de anotaciones sobre su localización, medidas o época de floración.

¿Acaso sentía interés también por la botánica?, quiso saber, cada vez más admirada, Leonora. El profesor, sonrojándose por la confusión, se apresuró a aclarar que aquellos bocetos no eran suyos, sino del anterior ocupante del laboratorio.

–Son tan hermosos que preferí no retirarlos –explicó–. El profesor Magnus era un verdadero maestro, no cabe duda, especialista en todo tipo de arácnidos, ¿lo sabían? Leonora, ¿se encuentra bien? –preguntó el profesor al percatarse del nerviosismo de su colega–. ¡Oh, comprendo! ¿No le preocupará acaso el asunto de la tarántula africana? No, no, por favor, no hay nada que temer. ¡Mire!

El profesor señalaba un bote de vidrio transparente que guardaba una exquisita flor tropical. Al acercarse, Lila comprobó con sorpresa que no se trataba de una verdadera flor, sino de uno de los bocetos del profesor Ciro, cuidadosamente dispuesto en su interior. Sobre el papel, teñida de un suave color rosa semejante al de los pétalos, se veía una araña de considerable tamaño.

—La encontré sobre ese dibujo el mismo día que llegué aquí y, para nuestra mutua tranquilidad, preferí guardarla en ese bote —dijo con satisfacción el profesor—. Todos los días le doy algo de comer, y me atrevería a decir que se siente razonablemente feliz.

Para apoyar sus palabras, abrió con precaución la tapa y tiró dentro un puñado de migas del pastel que acababa de sacar del armario. Lila dudó que aquella fuera la dieta a la que estaba habituada una araña del África subsahariana, pero lo cierto es que la tarántula se lanzó sobre ellas con avidez, tiñéndosele de inmediato algunas patas del amarillo miel del bizcocho.

—Pero ¿por qué no ha dado parte? —exclamó Leonora, manteniéndose a una distancia considerable.

—¿A quién? —respondió el profesor haciendo un vago gesto alrededor—. Hace semanas que no aparece nadie por aquí. Sois las primeras personas que veo en esta zona del palacio desde que llegué, lo cual me hace pensar que tenéis buenos motivos para realizar esta visita. Ahora bien, antes de que me los expliquéis voy a servir ese té que he prometido.

Gracias al hornillo del laboratorio, el agua de la tetera comenzó a hervir en pocos minutos. A falta de una vajilla más adecuada, utilizaron como tazas las jarritas de medición del profesor Magnus Ciro, y como cucharillas unas varillas de vidrio que tintinearon al hacerlas girar. Uno diría que estaban llevando a cabo algún tipo de experimento en vez de tomando un reconfortante té casero. En cuanto al pastel, distaba mucho de ser reciente, por lo que alguien, probablemente Leonora, sugirió acompañarlo de la mermelada de Coto Redondo que tío Argus aún llevaba en la mochila.

En cuanto el bote fue abierto, el olor a ciruelas llenó la habitación y el ambiente en el laboratorio se fue volviendo más cálido y hogareño. Por un momento, Lila casi creyó estar en el Almacén de Regina y Lucas, cómodamente arrebujada sobre un saco de judías, escuchando conversar a los clientes en una tarde de lluvia.

Mientras almorzaban, explicaron brevemente al profesor los motivos de su visita y le preguntaron por el *Varsovia*. Resultó estar mucho más informado de todo aquel asunto que Leonora. En primer lugar, hacía ya más de dos años, y no uno y medio, que la expedición había emprendido el viaje.

–Estoy seguro porque fue antes de mi viaje a la Patagonia. Yo acababa de llegar del Mediterráneo y seguí de cerca los últimos preparativos –les explicó–. En apenas unos días, el *Varsovia* partió. Fue un fastidio, la verdad, porque de no haber sido algo tan inmediato, hubiese viajado con ellos. De cualquier modo, poco después inicié mi viaje y no regresé hasta hace un mes y pico. Probablemente por eso no nos habíamos visto antes –le dijo a Leonora, disculpándola así cortésmente por su inicial desconfianza–. Una vez aquí, me entrevisté con el director del Gabinete y supe que habían dejado de recibir noticias del *Varsovia*. El último correo procedía de la costa este de Siberia, a la altura de las islas Kuriles, pero de eso hace ya más de un año. Al principio no se alarmaron. Es lógico que en este tipo de viaje el correo tarde cada vez más en llegar, especialmente si tenemos en cuenta que es difícil encontrar un puerto fiable desde el que enviarlo. No hay que olvidar que su contenido es altamente secreto. Incluso, una vez aquí, la correspondencia permanece sellada hasta que la expedición regresa.

–¿Nadie puede leerlas hasta entonces? –preguntó tío Argus, incrédulo–. ¿Nadie ha leído las últimas cartas?

–Nadie. Cuando llega el correo de un barco explorador, solo se abre el sobre del capitán, para conocer los detalles acerca de la ruta y del estado de la tripulación. El resto de informes únicamente pueden abrirlos aquellos que los escribieron –respondió Fathid con gesto serio–. De otro modo, se correría el riesgo de que alguien se aprovechase del fruto de esas investigaciones mientras su autor está aún de viaje.

Tío Argus meneó la cabeza, dubitativo.

–En mi opinión, y dadas las circunstancias, deberíamos olvidarnos de todo eso y echar un vistazo a fondo a esa correspondencia –propuso–. Es posible que en alguna de esas cartas encontremos pistas sobre lo que ha podido sucederles.

–No, no –dijo Fathid rápidamente–. Eso está fuera de discusión. Esos sobres no pueden abrirse hasta que la expedición regrese. Ni siquiera el director del Gabinete puede...

–¡Ah, el director del Gabinete! –le interrumpió tío Argus–. ¡Perfecto! Le pediremos permiso a él. ¿Dónde podemos encontrarlo?

El profesor Fathid se sonrojó levemente. Tras un ligero carraspeo, dio un enorme mordisco a su pastel y dijo con la boca llena:

–Soy yo.

–¿Usted? –exclamó Leonora, estupefacta.

–Así es –afirmó el profesor, tragando apresuradamente y tratando de mostrarse más firme, de acuerdo a su cargo–. El anterior director no quiso volver tras el incidente de la tarántula, y me temo que yo era el único que estaba aquí, de modo que... me cedió el título –concluyó Fathid, casi queriendo disculparse por haber recibido semejante honor de un modo tan poco apropiado.

–¡Estupendo, veamos entonces las cartas! –dijo tío Argus con alegría.

Fathid los miró con la indecisión pintada en su rostro. Tenía claras cuáles eran las normas del Gabinete, pero su preocupación por el destino de la expedición no dejaba de crecer y se sentía algo avergonzado de no haber tomado ninguna iniciativa hasta entonces. Después de todo, era el director del Gabinete, un noble cargo que, si bien había recaído sobre él de forma accidental, debía honrar.

–De acuerdo –dijo al fin, poniéndose en pie–. Haremos una cosa: les leeré la última carta del capitán Guttrosky, pero únicamente esa.

Tío Argus resopló, claramente insatisfecho. El profesor Fathid, algo ofendido porque no se valorase el riesgo que implicaba aquella decisión, salió de la habitación en busca de la correspondencia.

Regresó poco después con una gruesa cartera de cuero en cuyo lomo aparecía el emblema del Real Gabinete. Con respetuosa lentitud, fue sacando de su interior paquetes de sobres sellados y anudados con cordones de distinto color. Lila reconoció, escritos sobre ellos, algunos de los nombres que aparecían en las puertas de los laboratorios, como «Dr. Humus» o «profesor Livio», pero no alcanzó a ver el del Dr. Ivinovich. Únicamente la rapidez con la que Fathid guardó un fajo de cartas atado con un cordón azul le hizo sospechar que podía tratarse de la correspondencia de Pedrúsculo. Finalmente, el profesor localizó el paquete que buscaba. Eligiendo la última carta, la depositó ceremoniosamente sobre la mesa. En la cara superior podía leerse: *Para la lectura de Su Majestad el Zar de Todas las Rusias, del capitán Ivor Guttrosky.* El sello de lacre rojo, en el que figuraba el escudo del barco, una sirena, estaba roto.

–Bien –dijo Fathid mientras desplegaba el papel, aún temeroso pese a que la decisión estaba tomada–. Me centraré solo en lo que nos interesa. Veamos...

Estimados Señores...

Todo en orden... Bla, bla, bla... *Un tiempo magnífico...* Sí, sí, sí... ¡Aquí! *Nos encontramos frente a las costas de Siberia. Hoy hemos fondeado cerca de un pequeño campamento cosaco. Después de tan largos meses de viaje, hemos vuelto a oír la lengua rusa, aunque sea con el acento casi ininteligible de estos rudos hombres del este. Nos aprovisionaremos de agua, madera y caza ahumada. También de pieles de oso y lobo, pues además de abrigarnos nos servirán como moneda de cambio en el viaje de regreso. Dejaremos aquí el correo, ya que estos cazadores pronto regresarán al interior de Rusia y podrán llevar nuestras cartas en su viaje. Es de esperar que, a través de los anchos ríos de nuestra patria, no tarden en llegar a San Petersburgo.*

El estado de ánimo de la tripulación es excelente, y la perspectiva del regreso da nuevos bríos a los hombres... Bla, bla, bla, bla... Sí, aquí dice algo más...

Aunque el profesor Ivinovich continúa insistiendo en la necesidad de permanecer en estas aguas durante unas semanas más, e incluso en seguir navegando hacia el noroeste con el fin de estudiar los hábitos de los leones marinos, no ocultaré que el deseo de la mayor parte de nosotros es regresar cuanto antes a casa. Además, es necesario abandonar estas latitudes antes de que comiencen los fríos más severos, pues ya hoy hemos visto, de madrugada, cómo el agua se cubría de flores de hielo, señal de que la superficie del mar no tardará en helarse impidiendo por completo la navegación.

A estas explicaciones seguían una serie de detalles técnicos que el profesor resumió brevemente.

–¡Vaya, no sabía que el profesor Ivinovich tuviese interés por los leones marinos! –dijo Leonora.

–Sí, un gran interés –se apresuró a responder Fathid–. Ese fue el motivo que le llevó a embarcarse en el *Varsovia*.

–¿Pero no estaba estudiando unos caracoles? –dijo tío Argus, tratando de echar un vistazo a la carta–. En cualquier caso, es extraño que no desease volver todavía a casa. En sus informes quizá encontrásemos la razón de ese...

–¡De ninguna manera! –exclamó Fathid, poniéndose esta vez en pie con tal ímpetu que algunos de los sobres cayeron al suelo. Tras agacharse para recogerlos, el profesor se sentó de nuevo y trató de hablar con calma–. Insisto, se trata de un pacto entre caballeros; es más, ¡entre científicos! Como director del Gabinete estoy obligado a proteger esas cartas. Ya es bastante que hayamos leído la del capitán. ¡No sé lo que haría el zar si se enterara de eso!

–Sin embargo, no parece que él haya hecho demasiado por encontrar el *Varsovia* –resopló tío Argus, meneando la cabeza con desaprobación.

–De acuerdo –dijo Lila, tratando de ser razonable–. Y si la expedición no regresa, ¿cuánto tiempo debe pasar antes de poder abrirlas?

Fathid, evitando mirarla, solo alcanzó a murmurar la respuesta.

–Cinco años. Cuatro con la venia del zar.

7
Huzvel Hurdof

–¿Cuatro años con la venia del zar? –repitió Lila, sin poder creerlo.

Pero antes de que Fathid pudiese responder, Leonora se puso en pie, extremadamente seria.

–Queridos –dijo–, me temo que tenemos que dar por terminado el refrigerio.

–¿Y eso? –quiso saber tío Argus, lanzando una rápida mirada al trozo de pastel que quedaba.

–¡Escuchen! –fue la respuesta de Leonora–. Yo diría que alguien ha decidido que, definitivamente, no está permitido traer invitados.

Efectivamente, en algún lugar, no demasiado lejos, se escuchaba correr a un grupo de hombres. Incluso podían distinguir, pese a la distancia, el tintineo de sus armas.

–¿Qué hacemos, adónde vamos? –dijo Lila, tan nerviosa que el bote de mermelada se le cayó al suelo, rompiéndose en mil pedazos.

–¡Síganme! –dijo Fathid dirigiéndose hacia la puerta del laboratorio.

Corrieron tras él por el pasillo, mientras a sus espaldas crecía el rumor de los soldados subiendo las escaleras que conducían a aquel piso. La blanca galería concluyó bruscamente y se encontraron frente a frente con un gran oso pardo. Había sido disecado en actitud feroz sobre sus dos patas traseras y era tan enorme que cubría con su imponente figura toda la pared.

Moviéndolo con dificultad, Fathid dejó al descubierto la estrecha puerta que había quedado oculta tras él. No tuvieron tiempo de preguntar adónde llevaba. La cruzaron atropelladamente, subiendo los primeros peldaños de una angosta escalera y, en cuanto estuvieron dentro, Fathid cerró tras ellos. Le escucharon resoplar mientras volvía a colocar el oso en su lugar, y lo debió de hacer justo a tiempo, porque apenas habían subido un pequeño tramo de escalones cuando pudieron oír nítidamente a uno de los soldados dar el alto al profesor. Se quedaron inmóviles escuchando la voz de Fathid, aunque tan amortiguada que no lograron entender nada.

–Todo irá bien –le susurró Leonora a Lila, quien sentía su corazón latir con tal fuerza que creyó que le estallaría–. Después de todo, ¡es el director del Gabinete!–añadió, y aunque en aquella oscuridad era prácticamente invisible, la niña supo que intentaba sonreír.

De puntillas, continuaron subiendo hasta llegar a una trampilla. Cuando la abrieron, una nube de polvo cayó sobre ellos y tuvieron que hacer un gran esfuerzo para ahogar sus toses. Una vez arriba, con los ojos llenos de lágrimas y las caras tiznadas, descubrieron que se encontraban en las buhardillas del palacete. Como si no pudiese ser de otro modo tratándose de aquel lugar, también estas amplias habitaciones de techos bajos se encontraban abarrotadas, aunque en ese caso únicamente por grandes cajas de madera cuidadosamente cerradas.

–Deben ser colecciones que aún no han sido desembaladas –supuso Leonora.

Sentados en silencio sobre los arcones, trataron de escuchar qué ocurría un piso más abajo, pero finalmente se rindieron. La tarde pasó insoportablemente lenta, sin que se atreviesen a moverse apenas por temor a hacer algún ruido que los delatase.

–Fathid nos avisará cuando haya pasado el peligro –dijo varias veces tío Argus, como convenciéndose a sí mismo. De modo que allí se quedaron hasta que oscureció y también ellos quedaron sumidos en las tinieblas. Poco después escucharon pasos en la escalera y la trampilla quedó dibujada por el resplandor de una vela. Precavidos, se escondieron tras algunas cajas.

–Os traigo la cena –escucharon decir al profesor.

Cuando asomaron las cabezas vieron que, efectivamente, Fathid traía con él una bandeja con varios cuencos de sopa y pan tierno. Junto a la improvisada jarra de agua, una panzuda redoma de laboratorio, uno de sus frascos dejaba escapar una luz dorada y cálida.

–Luz de una hoguera en la sabana africana –les informó. A continuación les relató cómo había despistado a los guardias. No sabía nada de los visitantes, les había dicho a los soldados, pero ya que iban a examinar la zona, ¿serían tan amables de avisarle si tropezaban con la tarántula? Según sus cálculos, hacía bastante que no comía. Cinco minutos después, los soldados habían finalizado su ronda por aquella zona de la mansión y estaban dirigiéndose apresuradamente hacia otra ala o, quién sabe, ¡quizá directamente a su cuartel! Solo por precaución, el profesor había esperado unas horas antes de subir a visitarlos.

Mientras cenaban, tío Argus volvió sobre el asunto de las investigaciones de Pedrúsculo Ivinovich.

–¿Por qué abandonaría Pedrúsculo el estudio de los caracoles?

Justo en ese momento, Fathid se atragantó, pero en cuanto se recuperó trató de responder.

–Eehhh... Creo que fue básicamente porque el Gabinete se lo exigió.

–¿Le exigió que dejase de estudiar los caracoles? –preguntó Lila, estupefacta.

–Pues bien, sí. Es complicado. Las teorías del profesor Ivinovich se basaban en un libro bastante antiguo, no sé si lo saben... –dijo el profesor, titubeando ante la idea de entrar en detalles excesivamente eruditos.

–El libro del profesor Huzvel Hurdof, *Seres Intrigantes del Mundo Entero y Su Aún Más Intrigante Comportamiento* –respondió Lila de carrerilla.

–Eso es, eso es –dijo Fathid, como si estuviesen en clase y Lila hubiese acertado con la respuesta–. Se trata de un libro escrito hace más de cincuenta años. La historia del profesor es bastante conocida, al menos en ciertos círculos. Fue un hombre peculiar, de eso no cabe duda. Llegó a poseer una considerable fortuna, y su Gabinete de Curiosidades alcanzó gran fama en toda Europa. Pero según parece... corría el rumor... de que tenía debilidad por el licor. En fin... que se le consideraba un borrachín. Al menos, eso se decía. Lo que es seguro es que en su libro contaba fabulosas historias sobre animales que nadie más había visto, icebergs en aguas tropicales, piratas y otros disparates. Cuando el profesor Ivinovich quiso volver sobre aquellas historias, se consideró una locura. El Gabinete no estaba dispuesto a que un escándalo semejante ensombreciese el buen nombre de la ciencia rusa.

Fathid suspiró, como si dudase que mereciese la pena extenderse más en el asunto, pero aun así decidió continuar.

–En uno de los capítulos, Hurdof aseguraba haber descubierto unos crustáceos que habitaban en los mares oscuros y eran de un tamaño infinitesimal. Al parecer, estos caracoles ascendían en determinado momento hasta la superficie, coincidiendo, creo recordar, con alguna fase de la luna. En ese momento desprendían un olor delicioso –Fathid sonrió, algo avergonzado por lo extravagante que sonaba aquella historia.

–Bueno –opinó tío Argus–, cosas más extrañas se han visto...

–Sí, supongo que eso es cierto. El problema es que no hay registro alguno de su existencia. Hurdof perdió las muestras que aseguraba haber obtenido en su único avistamiento.

–Ya, eso debió complicar las cosas... –admitió Argus.

–Así es. Por eso, tiempo después, Hurdof invirtió toda su fortuna en fletar un barco con el fin de encontrar una nueva ascensión de estos seres. Desgraciadamente...

–Desgraciadamente ¿qué? –dijo Lila.

–El barco desapareció.

–¿Desapareció?

–Sí, no se volvió a saber de ellos –explicó Fathid encogiéndose de hombros–. Probablemente naufragaron. No solo fue el fin de Hurdof, sino también de sus investigaciones.

Al darse cuenta, por el silencio consiguiente, de que todos pensaban en la similitud existente entre su historia y lo ocurrido al Dr. Ivinovich, el profesor Fathid trató atropelladamente de disipar esa impresión.

–En cualquier caso, ya os digo que Pedrúsculo no seguía con estas investigaciones –aseguró–. No digo que no tuviese interés en ellas: sí, desde luego, pasó unos meses de lo más insistente con todo ese asunto de los caracoles, pero finalmente se rindió. En el Gabinete no querían ni oír hablar del asunto. Se le prohibió terminantemente seguir con ello. Por eso andaba tan desalentado. Luego, sin embargo, una semana o dos antes de que el *Varsovia* partiese, recuperó el ánimo y me comunicó que había decidido participar en ese viaje con el objetivo de estudiar las costumbres de los leones marinos.

–¡Leones marinos! –bufó tío Argus–. ¡Apostaría mi bigote a que Pedrúsculo utilizó esa excusa para seguir buscando los caracoles!

Fathid los miró con cara de circunstancias. Sinceramente, no podía decir que él no hubiese pensado también en esa posibilidad.

–¿Y ahora qué hacemos? –dijo Lila.

–Lo que es seguro es que no podemos regresar a mi casa –dijo Leonora con firmeza–. Después de lo de esta mañana, la habrán puesto bajo vigilancia. No creo que tengan muchas dudas acerca de quién era la mujer africana que ha entrado en el Real Gabinete acompañada de dos espías.

–Sí, lo mejor será que os quedéis aquí, al menos de momento –aseguró Fathid, mientras los demás miraban con cierto desaliento a su alrededor. Desde luego, no era el lugar que hubiesen elegido para pasar su estancia en San Petersburgo.

–¿Y usted? –preguntó Lila al profesor–. ¿Qué hará si descubren que les ha mentido?

–¿Yo? –dijo el profesor–. Nada, nada en absoluto, porque no lo descubrirán y, en cualquier caso, pronto ya no estaremos aquí, ¿no es cierto?

–¿Ah, no? –dijo Lila sin comprender.

–Bueno, si el plan es ir en busca del *Varsovia*, mejor salir cuanto antes –respondió el profesor, como si nunca se le hubiese pasado por la mente que aquella pequeña aventura pudiese tomar otro camino.

–Sí, ¡cierto! ¡Eso es exactamente lo que vamos a hacer! –dijo tío Argus viéndolo clarísimo, aunque él mismo no lo había pensado hasta entonces.

–Por supuesto –dijo Fathid–. Como director del Gabinete, es lo mínimo que puedo hacer por mis colegas. Mañana mismo comenzaré las gestiones en el puerto. Sé exactamente a quién necesitamos para este viaje.

Cuando el profesor se marchó, tío Argus, Lila y Leonora abrieron varias cajas en busca de algo que les sirviese para cubrirse aquella primera noche. En una de ellas encontraron cuatro enormes jarrones chinos enterrados en serrín; en otra, una colección de figurillas de barro; en la tercera, largos cuernos en espiral que Leonora insistió en atribuir a unicornios, pero que tío Argus aseguró que pertenecían a un animal marino llamado narval. Finalmente, la cuarta caja contenía cojines, chales y tapices de seda. Con todo ello improvisaron entre los grandes arcones un suelo más o menos mullido cubierto por una colorida carpa.

–No es tan distinto del circo –susurró Lila, tumbada y mirando hacia los tejidos bordados.

–¡Imagínate lo que hubiese hecho Kiyú el Mentalista con esos jarrones! –bostezó tío Argus. A su lado, los ronquidos de Leonora parecían capaces de alertar a todo el ejército del zar.

No hablaron más por esa noche. La luz del frasco comenzaba a agotarse. Para cuando los ojos de Lila se cerraron, ya no iluminaba más de lo que lo hubieran hecho unas pocas brasas en mitad de la sabana.

8
ESCONDIDOS

A LA MAÑANA SIGUIENTE, Fathid pasó a visitarlos antes de salir hacia el puerto en busca de la persona que, en su opinión, podría ayudarlos.

–No hay mejor marino que él en todo San Petersburgo –les dijo mientras dejaba sobre uno de los arcones las provisiones que había traído consigo–. ¿Qué digo? ¡No lo hay en toda Rusia! Ha sido el mejor capitán con el que ha contado el Gabinete. Todavía comandaría sus expediciones de no ser por...

Fathid arrugó el entrecejo y no llegó a terminar la frase.

–¿De no ser por qué? –preguntó de inmediato Lila, que estaba extendiendo un tapete sobre el suelo a modo de mantel para el desayuno.

–De no ser por el *Varsovia* –dijo Fathid de mala gana–. El capitán no estaba de acuerdo con que lo construyesen.

–Ah, ¿no? –dijo Leonora olisqueando con cierta prevención uno de los bizcochos que el profesor había traído.

–No. Pero eso no importa ahora. Lo importante es que su barco, el *Neva*, está en perfectas...

–¡Venga, Fathid, no seas tan estirado y cuéntanoslo! –protestó Leonora–. ¿A qué viene tanto misterio? ¿Por qué no quería el capitán que construyesen el *Varsovia*?

Fathid miró a Leonora, Argus y Lila, todos a la espera de su historia.

–De acuerdo, de acuerdo –farfulló finalmente–. Os lo contaré. Pero debéis prometerme que no mencionaréis jamás este asunto delante de Hans.

–¿Hans? –dijo Lila, sentándose al estilo indio sobre un cojín.

–Hans Guttrosky, el capitán del *Neva* –aclaró el profesor, y levantando rápidamente la mano para detener las inminentes preguntas, añadió–. Sí, sí, Guttrosky, como Ivor Guttrosky, el capitán del *Varsovia*. Hans es su hermano mayor. Esa familia lleva generaciones dando a Rusia los mejores marinos de su Armada. Antes que ellos, su padre estuvo al mando del *Neva*, y el padre de su padre fue el capitán del primer *Varsovia*.

Tío Argus casi se atraganta con su trozo de bizcocho.

–¿Qué quieres decir con «el primer *Varsovia*»?

–Ah, sí, eso. Veamos... –dijo Fathid, sentándose sobre un cajón al ver que aquella conversación le llevaría más tiempo del previsto–. El siglo pasado, cuando San Petersburgo apenas estaba recién construida, existió otro barco llamado *Varsovia*. Fue un navío muy famoso en su época, no solo por sus grandes dimensiones, sino también por el lujo con el que fue construido. En la decoración de los balcones del castillo de popa se utilizó tanto oro que, una vez colocado, tuvieron que volver a fundir el mascarón de proa, una sirena también de oro, para hacerla dos veces mayor y lograr así equilibrar el peso. Por si esto no fuese suficiente, en su interior no faltaba detalle ni comodidad alguna. Los camarotes principales estaban forrados con maderas perfumadas, tenían aguamaniles de porcelana y sábanas bordadas con el lino más fino. En la sala de oficiales, los candelabros eran de plata, igual que la cubertería, y reservaban un juego de copas únicamente para los brindis dedicados al zar. Todo en ese barco tenía que reflejar la grandeza de Rusia, y hasta sus tres mástiles fueron los más altos que se habían fabricado nunca. De ese modo, se dijo, allí donde el *Varsovia* fuese, la bandera del imperio ondearía por encima de cualquier otra.

El profesor Fathid dejó de hablar por un instante, como si pudiese ver ante él aquel barco legendario en todo su esplendor. Luego retomó la historia.

–Hace diez años, algunos armadores rusos convencieron al zar de que el *Neva* era un barco demasiado viejo y modesto como para llevar a cabo las misiones de exploración que se estaban proyectando. «¿Qué pensarán de nuestra gran patria en otros lugares cuando vean un barco tan insignificante?», dijeron. Y se comenzó a hablar de construir un nuevo *Varsovia*. Cuando Hans Guttrosky fue informado de estos planes, en vez de mostrarse encantado ante la perspectiva de comandar semejante embarcación, tal y como esperaban el zar y los armadores, se opuso frontalmente al proyecto, e incluso se atrevió a recordarles a todos ellos el desafortunado final del primer *Varsovia*, una historia que conocía bien por estar estrechamente ligada a su familia.

–¿También naufragó? –dijo Lila con un hilo de voz.

–Sí, algo así –respondió Fathid, y luego, con un suspiro de resignación, pues desde el principio imaginaba que la historia terminaría llevándole a ese punto, añadió–: El caso es que aquel *Varsovia*, el *Varsovia I*, a cuyo mando estaba el abuelo de Ivor y de Hans Guttrosky, fue el barco en el que realizó su última misión el profesor Hurdof.

Lila y los demás recibieron esta noticia con una exclamación de asombro. Fathid asintió.

–Los gastos de la construcción del primer *Varsovia* fueron tales que, antes de que estuviese terminado, el dinero se agotó. No hubiesen podido botarlo de no contar con la fortuna personal del profesor Hurdof, quien, a cambio de su generosa contribución, pidió dos cosas: primero, que el barco fuese bautizado con el nombre de su ciudad natal, y segundo, que el objetivo de su primer viaje fuese buscar pruebas sobre la existencia de sus misteriosos caracoles. Si no hubiesen estado tan desesperados, el zar y los armadores jamás hubiesen aceptado, pero dadas las circunstancias, no les quedó más remedio. Hubiese sido una terrible humillación tener que renunciar a esas alturas. Pero bien, ya sabéis lo que pasó después: el barco desapareció durante su primer viaje sin dejar ni rastro. Fue un terrible golpe para el orgullo del zar y del pueblo ruso.

–¿Y retiraron a Hans Guttrosky de su cargo solo por oponerse a la construcción de un nuevo *Varsovia*? –dijo tío Argus.

–Me temo que Hans es un hombre con mucho temperamento y, cuando le hablaron del nuevo barco, su reacción no fue precisamente diplomática. Aseguró que prefería pasarse el resto de su vida paseando en una barca de remos por los canales de la ciudad a salir un solo día a mar abierto con un armatoste semejante. «Demasiadas plumas para un animal marino», fueron sus palabras al ver los planos, o eso es lo que se dijo en la ciudad. Y parece ser que también añadió algo acerca de que un barco debe ser diseñado para navegar y no para lucirse como una gallina clueca –Fathid puso cara de circunstancias y carraspeó un poco–. Estas palabras, como comprenderéis, no sentaron demasiado bien al zar ni a los potentados, así que le ofrecieron el cargo a otra persona.

–¡A su hermano! –exclamó Leonora, horrorizada por la situación.

–¿Pero cómo pudo aceptar él? –protestó Lila.

–¡Ah, esas cosas pasan! Y el Zurdo Guttrosky, aun siendo más joven que Hans, es también un hombre de mucho carácter. Donde su hermano vio peligro, él quiso ver su gran oportunidad. Tuvieron una tremenda pelea por todo este asunto y no se volvieron a hablar durante mucho tiempo, exactamente durante los cuatro años que se alargó la construcción del barco, pues a mitad de los trabajos se volvieron a quedar sin dinero y, a falta de otro profesor Hurdof dispuesto a entregarles su fortuna, tuvieron que renunciar en gran medida a los lujos superfluos. Nada de oro ni de porcelana, me temo. Hasta donde yo sé, los dos hermanos solo se dirigieron de nuevo la palabra la noche antes de que el *Varsovia* partiera. En esa ocasión, por desgracia, discutieron aún más violentamente que la primera vez y, en medio de la refriega, Hans le pronosticó a su hermano que la tragedia que había sufrido su abuelo volvería a repetirse –Fathid parecía sinceramente apenado de que las cosas hubiesen sucedido de este modo–. Mucho me temo que desde que dejaron de llegar noticias de la expedición, Hans Guttrosky no solo esté arrepentido de lo que dijo, sino también de no haber impedido de algún modo un error que veía tan claro. Por otra parte, el zar y los armadores, abochornados por su ceguera, parecen haber optado por acallar todo el asunto, dar el barco por perdido y que la historia se olvide, antes que reconocer ante toda Europa que se equivocaron por segunda vez. Y esa es la historia. Por eso creo que Hans es justamente el marino que necesitamos. Nadie pondrá más empeño que él en encontrar a Ivor y al resto de la tripulación.

Lila, Leonora y tío Argus, aún impresionados por el relato, estuvieron de acuerdo con él.

–Muy bien, pues entonces trataré de convencerle –dijo Fathid poniéndose en pie–, porque aunque sea el hombre indicado, quizá él aún no sepa que lo es.

Y sin más, se marchó hacia el puerto, dejando a sus amigos dar buena cuenta del desayuno.

Encontrar a Hans Guttrosky no fue tan sencillo como Fathid esperaba. El *Neva* no se encontraba fondeado aquellos días en el puerto, así que mientras Fathid iba y venía del Gabinete al muelle, escaleras arriba y escaleras abajo, y San Petersburgo se encontraba conmocionado por el rumor de que nuevos espías habían tratado de saquear las colecciones del zar, Lila, tío Argus y Leonora se dedicaron a matar el tiempo abriendo una tras otra las grandes cajas almacenadas en la buhardilla. Su contenido, tan variado como para componer con él no uno sino varios museos, se encontraba ahora desperdigado por toda la buhardilla, consiguiendo que esta pareciese una cueva de las maravillas. La carpa de seda donde dormían, como un diminuto palacio tapizado de cojines orientales, contribuía a realzar este efecto, más aún cuando pusieron en su puerta dos dragones de bronce y una hermosa campana de cerámica azul, cuyo badajo fue convenientemente amordazado para evitar accidentes.

Fathid veía con nerviosismo este desenfadado uso de los fondos del Gabinete, pero terminó por resignarse cuando Leonora y Lila aseguraron que abrir aquellas cajas era el único modo de evitar que tío Argus continuase con sus excursiones nocturnas a los pisos inferiores. No podían haber escogido una justificación mejor, pues el temor del profesor a que sus invitados fuesen descubiertos crecía con los días, de modo que saber que Lila había descubierto a tío Argus una noche frente a la vitrina de cabezas reducidas del primer piso le había alarmado sobremanera.

–¿Y qué hacías tú también por allí abajo? –quiso saber al día siguiente, mirando con suspicacia a la muchacha mientras ella trataba, entre risas, de describir la cara de culpabilidad de tío Argus al ser sorprendido. Lila, repentinamente seria, respondió que había bajado a buscar el libro del profesor Hurdof a la biblioteca.

–Pensé que quizá leyéndolo podría saber algo más de esos caracoles –explicó–. Pero no lo encontré.

–Ni lo encontrarás, me temo –respondió Fathid–. Pedrúsculo se llevó el único ejemplar que se conservaba en el Gabinete.

Cuando en aquella zona de la buhardilla no quedaron más cajas por abrir, comenzaron a husmear por las otras habitaciones en busca de nuevos embalajes de aspecto sugerente. Un cierre especial, una caja muy grande o muy pequeña, o incluso la ausencia completa de cualquier elemento distintivo, podían despertar rápidamente su curiosidad. Con frecuencia, al abrirlas, encontraban objetos que no sabían identificar y cuya utilidad desconocían. Las etiquetas que los acompañaban no solían ser de ayuda, pues les adjudicaban estrafalarios usos o bien dudosas propiedades. Tío Argus, ante esto, se desesperaba.

–¡Y pensar que durante siglos hombres y mujeres sensatos creyeron toda suerte de pamplinas! –decía mientras agitaba con energía un espantador de diablos, consistente en un molinillo trenzado con paja de vivos colores.

Lila no respondió. Estaba tratando de abrir una caja que había aparecido sepultada bajo otras de mucho mayor tamaño. No tenía nada de particular, excepto unas grandes iniciales negras pintadas en un lateral: «H. H. II».

–¿Otra dactiloteca? –opinó Leonora echando un vistazo. Aquel día había encontrado ya un par de colecciones de camafeos en cajas parecidas.

Lila movió indecisa la cabeza, pero antes de que hubiese hecho algún comentario, la tapa cedió dejando al descubierto una desordenada mescolanza de objetos, como si alguien hubiese volcado en ella, sin demasiado cuidado, el contenido de todo un escritorio: plumas, un juego de lupas de viaje, una vieja y desvencijada brújula de mesa, un libro de tapas castañas, un puñado de botones semiesféricos, una licorera...

–Fijaos –dijo Leonora tomando uno de los botones–. Parece que sean de oro.

Comenzó a frotarlo mientras los demás curioseaban el resto de objetos.

–¿Qué interés podría tener para el Gabinete algo así? –se preguntó Argus probando las lupas y la brújula.

Lila no respondió. Tenía el libro entre sus manos y lo miraba fijamente.

–¿Qué... tienes ahí? –le preguntó su tío al verla tan quieta.

–¡Es el libro de Hurdof! –dijo ella, incrédula–. El libro de Hurdof.

Y, para confirmarlo, les leyó en voz alta el título: *Seres Intrigantes del Mundo Entero y Su Aún Más Intrigante Comportamiento*.

–¡Ah, eso tiene sentido! –exclamó tío Argus, agachándose junto a la caja y dejando su huella sobre las polvorientas iniciales–. ¡H. H.! ¡Huzvel Hurdof!

–Y el dos, ¿qué significa? –preguntó Lila señalando las dos barras que acompañaban a las iniciales.

–¡Quizá haya otra caja más, la caja número uno! –se le ocurrió a Leonora.

Para cuando Fathid regresó del puerto, habían revuelto ya toda la buhardilla.

–No creo que haya nada más –opinó el profesor tras escucharlos–. El profesor Huzvel prácticamente vendió todo lo que poseía, incluso sus colecciones, para lograr botar el *Varsovia*. Yo diría que esto debió ser lo que encontraron en su escritorio, en Moscú, cuando la expedición se dio por perdida. Nada que nos pueda resultar útil a nosotros. Pero animaos: traigo buenas noticias.

Efectivamente, las noticias eran buenas. El *Neva* había regresado la noche anterior a San Petersburgo y Fathid había conseguido por fin entrevistarse con el capitán Guttrosky. Acababa de llegar de un breve viaje por el

Báltico, pero tras escucharle se había mostrado dispuesto a partir de nuevo.

–Tan solo queda un asunto por resolver –les explicó Fathid–. Fletar un barco como el *Neva* cuesta dinero. Mucho dinero. Las provisiones, la tripulación... El capitán no quiere nada para él; al menos, no es eso lo que le preocupa: si encontramos el *Varsovia*, se dará por pagado. Es más, es seguro que recibirá suficiente recompensa del zar como para cubrir largamente los gastos del viaje y de su tripulación, pero si no es así, habrá muchas deudas a las que hacer frente. Necesita una garantía, un depósito.

–¡Pero nosotros no tenemos dinero! –dijo Argus frunciendo el ceño–. Y mucho menos, tanto como haría falta para algo así.

–Lo sé, lo sé –dijo el profesor–. Pero es la única oportunidad que nos queda. Es necesario pensar en algo.

Leonora, que no había dejado de jugar con los botones, tosió significativamente y todos la miraron. Extendió la mano con pícaro orgullo.

–Puede ser que esto sirva –dijo, como si no tuviese importancia.

Los botones, relucientes sobre su palma, se veían irreconocibles después de la limpieza. No solo eran de oro, tal y como había supuesto Leonora, sino que en el centro de cada uno de ellos podía verse un perfecto rubí, del tamaño de un guisante.

Tío Argus lanzó un largo silbido.

–¿De dónde sacaría Hurdof algo así?

–Servirá –dijo Fathid tomando uno de ellos y contemplándolo con admiración–. Sí, desde luego que servirá. Esto nos llevará allí donde se encuentre el *Varsovia*.

Así fue como los cuatro botones de rubíes fueron a parar a manos de Hans Guttrosky, capitán del *Neva*, quien, tras admirarlos durante unos instantes, los guardó en la bolsa de cuero que llevaba anudada al cuello.

9

LA PARTIDA

EL DÍA SEÑALADO, un par de horas antes de que amaneciese, los cuatro soldados que ahora hacían guardia ante la puerta del Real Gabinete, advertidos con antelación de que el profesor Fathid iba a emprender un corto viaje a bordo del *Neva*, ayudaron a cargar en un carro su voluminoso equipaje.

–¡Yo de usted me lo pensaría antes de llevar tantas cajas, profesor, o esa barcaza suya se les hundirá antes de salir de la bahía! –resopló uno de ellos al terminar de cargar el tercero de los arcones.

Fathid, que había supervisado de cerca el traslado, trató de sonreír. Sobre el carro, sin embargo, el muchacho que conducía, de apenas doce o trece años, se revolvió indignado al escuchar la broma. Probablemente hubiese dicho algo de no adelantársele el hombre que viajaba a su lado.

–No lo creerá, cabo –dijo aquel marino de rasgos orientales, con voz tranquila pese a que su mano se había posado con firmeza sobre el brazo del muchacho–, pero el *Neva* ha capeado más temporales que cualquier otro barco de este puerto.

–No lo dudo –respondió el soldado sacudiéndose el serrín del uniforme–, pero debió ser hace mucho tiempo...

–Así es –respondió el hombre mientras ayudaba al profesor a subir, cosa que Fathid hizo algo torpemente debido al peso del armarito lacado que llevaba a sus espaldas–, hace mucho tiempo.

Y sin más, azuzaron a los caballos y la carreta se puso en marcha dejando atrás el edificio del Gabinete.

–¡Deberías haberme dejado que le diese su merecido! –gruñó el muchacho, desafiante, en cuanto se hubieron alejado.

–¿Y cómo pensabas hacer eso, Piet? –respondió el hombre, cuyos ojos rasgados examinaban la calle todavía a oscuras–. ¿Cuántas veces te ha dicho tu tío que debes mantener la sangre fría? No importa cuánto sepas de nudos y aparejos, nunca llegarás a ser un buen oficial si no aprendes a mantener la calma.

–Pero Singa, ¡ese hombre insultó al *Neva*! –protestó aún el chico.

–El *Neva* sabe defenderse a sí mismo, muchacho, no es necesario pelearse por él. Sus méritos están bien claros para cualquiera que sepa lo que hay que saber.

Fathid, sentado en silencio junto a ellos, pensó que aquello era cierto y que pocos «sabían lo que hay que saber» como Singajik, aquel hombre por cuyas venas corría sangre cosaca y esquimal, una combinación extraordinaria cuya historia algún día tendrá que ser contada. A sus sesenta y pico años llevaba más de cincuenta en alta mar, la mayor parte de ellos en el *Neva*, ahora a las órdenes de Hans, pero antes a las del padre de este. Ejercía de segundo de a bordo, pero también de médico, de intérprete e incluso de cocinero cuando era necesario. Fathid tenía la impresión de que formaba parte del *Neva* tanto como su quilla o su arboladura y que, al igual que ellas, era imprescindible para su buen funcionamiento.

Pese al temor a que en cualquier momento un grupo de soldados los detuviesen e insistiesen en revisar aquellos tres arcones, demasiado grandes y pesados para un viaje de una semana, el trayecto hasta el puerto transcurrió sin incidentes. Así las cosas, apenas salía el sol cuando terminaron de cargar el *Neva* y abandonaron San Petersburgo. Solo entonces, en las bodegas de la nave, Lila, tío Argus y Leonora salieron finalmente de los grandes cajones, se sacudieron el serrín y subieron a toda prisa a cubierta para contemplar, ya en la distancia, la majestuosa silueta de la ciudad a través de la llovizna.

–Me gustaría volver algún día –dijo Lila, pensando que tan solo unos días atrás había creído que allí sería donde viviría a partir de entonces.

–Volveremos, ya lo verás –la animó tío Argus–. Y, quién sabe, quizá tengamos suerte y para entonces haya dejado de llover.

Poco después, Singajik les informó de que el capitán se reuniría con ellos en el camarote de oficiales. Cuando llegaron, la sala estaba aún vacía. Era pequeña pero acogedora, olía a tabaco de pipa y estaba forrada con una madera rojiza que el paso del tiempo únicamente había embellecido. Varios armarios acristalados contenían libros, instrumentos de navegación, un par de catalejos con arandelas de bronce y alguna que otra botella. El resto del camarote estaba ocupado por una mesa octogonal alrededor de la que se ordenaban ocho sillas de respaldo alto.

Sobre una de ellas, el retrato de un hombre vestido con el uniforme de la marina rusa presidía la sala. Era un cuadro sobrio y oscuro, probablemente no demasiado bueno, pero en el que destacaba el rostro orgulloso, casi desdeñoso, de aquel corpulento marino de pelo cano. Pese a no ser más que una pintura, Lila tuvo la impresión de que aquel personaje con gorra y tabardo azul estaba decidido a participar en la reunión como uno más.

Aún estaban en pie, indecisos sobre el protocolo que debían seguir, cuando llegó el capitán. Cruzando la sala con un seco «buenos días», se sentó en la silla bajo el retrato e hizo un gesto impaciente para que los demás le imitasen. Se parecía tanto al hombre del cuadro que, por un momento, Lila creyó que era él. Pero no, Hans Guttrosky, un hombre fornido, con ojos claros y cabello de un rubio oscuro, era bastante más joven que el marino de la pintura. Su barba y sus espesas cejas crecían en una maraña que dotaba a su rostro de un aire feroz que no trataba de suavizar, pero incluso así no había en él rastro de la orgullosa superioridad que desprendía el retrato. Comenzó a hablar en cuanto estuvieron sentados, sin que considerase necesario realizar ningún tipo de presentación.

–Dadas las especiales circunstancias en las que se ha gestado esta empresa –dijo mientras miraba reconcentrado sus manos y sus cejas se fruncían más y más–, los escasos conocimientos que tienen ustedes sobre el asunto y los múltiples peligros que implica esta travesía, he pensado que sería conveniente reunirlos nada más embarcar con el fin de exponerles claramente la situación. Supongo que no tengo que señalarles que de las decisiones que tomemos hoy puede depender no solo nuestra suerte, sino, posiblemente, la de aquellos a los que deseamos ayudar.

Tras estas palabras, examinó con gesto adusto a los que habían sido invitados aquella mañana al camarote: Lila, tío Argus, Leonora, Fathid, Singajik y Piet. Los tres primeros, algo intimidados por el severo examen, apenas pudieron mantener la mirada, temiendo confirmar sus pobres expectativas.

Fue entonces, al bajar la vista, cuando Lila se percató por primera vez de que el tablero de la mesa era, a su vez, un mapa del mundo en el que toda la atención se había centrado en los mares. Por un momento perdió el hilo de las palabras del capitán. Incluso Leonora, que había visto más mapas que todos los presentes juntos, apenas pudo contener una exclamación ante aquella obra extraordinariamente detallada. Puertos, corrientes marinas, simas, faros, latitudes, rutas mercantes y peligros diversos aparecían allí recogidos. El cristal que protegía la superficie del mapa se encontraba ingeniosamente dividido en ocho triángulos independientes, con un fino marco de acero cada uno, de modo que podían abrirse cómodamente, a modo de ventana, siempre que fuese necesario añadir, corregir o ampliar algún dato. A simple vista podía apreciarse que aquel mapa era el resultado de muchos años de largos viajes.

El capitán señaló con una vara oscura un punto del mapa. La punta de plata se reflejó sobre el cristal.

–El mar de Ojotsk –dijo, y aquel nombre, que Lila oía por primera vez, le pareció lleno de exóticas y oscuras resonancias–. Territorio ruso, pero tan alejado de nosotros como si estuviese en el otro extremo del mundo.

Allí es donde, según las últimas coordenadas del capitán Guttrosky, se encontraba el *Varsovia* hace dos veranos...

–¡Ojotsk! –repitió Singajik.

Hubo algo en su tono que hizo que los demás se inclinaran con renovado interés sobre aquella zona del mapa. El mar de Ojotsk se encontraba al este de Rusia, por encima de la costa china y más allá de Japón, en una zona donde las anotaciones en el mapa se volvían escasas.

–La posibilidad de ir por tierra, atravesando Siberia, quedó totalmente descartada desde el comienzo, teniendo en cuenta que lo que buscamos es un barco y que puede haber cambiado de posición. Por otro lado –continuó el capitán, marcando con la vara la zona superior del mapa, donde la dentada costa norte de Noruega, Suecia y Rusia se desvanecía en una masa informe a medida que se extendía hacia el este–, aún no hay noticias fiables de que exista un paso navegable por el nordeste –tras una pequeña pausa, como si aún calibrase esa posibilidad, volvió a golpear aquella zona con un ruido seco–. De cualquier modo, haya paso o no, a estas alturas del año toda esta zona estará ya completamente helada. Nos queda, por tanto, el camino más largo, pero también el más seguro.

La punta de plata fue desde San Petersburgo, bordeando la costa europea, hacia el oeste, hasta España, y desde allí, bajando por la costa de Portugal, hacia el sur. Sin pausa, el bastón siguió la larga costa africana hasta el cabo de Buena Esperanza para ascender de nuevo en dirección a las Indias y, de ahí, aún más arriba. El trayecto era tan amplio, las distancias tan inmensas, que se hizo un silencio profundo en el camarote. Solo ahora parecían tomar conciencia los recién llegados de la envergadura del viaje.

–¡Tardaremos siglos! –gimió Lila, olvidando su intención de no abrir la boca en toda la reunión.

–Siglos no –informó el capitán con un gruñido–, pero sí varios meses. Teniendo en cuenta que tendremos que detenernos en muchos puertos, en busca de noticias, calculo que en torno a cuatro o cinco meses.

–¡Cinco meses! –repitió muy bajito Lila. ¡Eso era casi medio año!

–¿Y si el *Varsovia* no está allí? –preguntó Piet. El muchacho, sentado justo frente a la zona del mapa que les interesaba, no había dejado de examinarla con esforzada concentración–. Podría haberse movido, y en ese caso...

–En ese caso, lo más probable es que tu padre regrese por el camino que nosotros vamos a hacer –dijo el capitán–. De modo que incluso si nos cruzásemos con él sin llegar a verle, antes o después tendríamos noticias suyas en algún puerto.

Lila miró con curiosidad al muchacho. ¡Así que aquel chico era hijo del Ivor Guttrosky! Debía tener más o menos su edad. ¿Cómo sería? Se le veía tan huraño como su tío Hans. ¿Llegarían a ser amigos? No veía por qué no: después de todo, él también buscaba a alguien querido.

–Entonces... es posible que nos encontremos con ellos mucho antes de Ojotsk –dijo el muchacho esperanzado, y su mirada recorrió la ruta tratando de imaginar en qué punto podría tener lugar ese acontecimiento.

Durante unos minutos, las cabezas de los presentes volvieron a orientarse hacia el tablero, cada cual sumido en sus propios pensamientos. ¡Qué duda cabía de que, ante un viaje tan largo, existían motivos de sobra para abrigar temores. Pero cuando el capitán carraspeó brevemente para reclamar su atención, todos los ojos se volvieron hacia él con idéntica determinación.

–Iremos. ¡Claro que iremos! –dijo tío Argus, aunque el capitán aún no había hecho ninguna pregunta–. Estén donde estén, esos muchachos nos necesitan, estoy seguro. Apostaría el bigote.

• 10
EL *NEVA*

EL *Neva*, tal y como lo había descrito Fathid aquel día en la buhardilla, era un velero de proporciones modestas, sin excesivas comodidades, pero sólido y estable. Su destino, según les explicó Singajik, bien podría haber sido el de carguero o nave mercante, de no ser por Hans Guttrosky, quien lo adquirió recién salido del astillero, invirtiendo así el total de la herencia que le correspondió tras la muerte de su padre.

Por aquel entonces, y pese a su juventud, Hans ya se había ganado un nombre en los puertos rusos gracias a su bravura, su innegable conocimiento del mar y su legendaria puntualidad a la hora de llegar a su destino. Pero gracias al *Neva* pudo realizar sus sueños más ambiciosos, explorando nuevas costas y corriendo tantas aventuras que, con los años, hasta el último madero de la nave parecía haberse impregnado de ese orgullo que poseen los que han llevado a cabo grandes tareas sobreviviendo a incontables peligros.

Contando con su hermano Ivor y con Singajik, había mantenido ocupado largos años al *Neva* como barco oficial del Real Gabinete. Singajik gruñía con tristeza cuando recordaba aquella época no tan lejana, pues la relación entre los dos hermanos había sido excelente hasta que el asunto del nuevo *Varsovia* se interpuso entre ellos.

–Pero algún día Piet heredará el *Neva* –concluía el viejo marino siempre que la conversación le conducía a este punto, como si con esta promesa todas las diferencias familiares fuesen a resolverse definitivamente.

Piet, sentado junto a él, asentía con energía. Nada deseaba más que seguir la tradición familiar. Durante los últimos dos años se había esforzado por aprender todas las tareas propias de un grumete con la esperanza de que, cuando su padre regresase, accediese a llevarlo consigo en su siguiente viaje. Las cosas no habían sucedido como esperaba, pero por suerte su tío no puso objeción a enrolarlo para aquella travesía. Después de todo, se dijo Hans cuando el chico se lo pidió, ¿que sería de él mientras durase aquel viaje si no lo llevaba consigo? Y además, Ivor y él mismo tenían más o menos su edad la primera vez que se embarcaron. Lo que Hans nunca admitió en voz alta fue el otro motivo que le hizo decidirse: que le gustaba tener cerca a aquel muchacho que tanto le recordaba los viejos tiempos, cuando navegaba en armonía junto a su hermano menor.

Orgulloso de su puesto, Piet se esforzó durante las primeras semanas en mostrarle a Lila cómo baldear y limpiar la cubierta, remendar las velas, hacer nudos o preparar los aparejos. Si al principio aparentó dudar seriamente de la capacidad de la muchacha (¡de cualquier muchacha, en realidad!) para adaptarse a aquella vida, tuvo que desdecirse al comprobar la inigualable habilidad con la que Lila Sacher, calzada con sus zapatillas de lentejuelas, se movía por el barco, subiendo y bajando por el palo mayor o por las jarcias de mesana y trinquete como el más experimentado lobo de mar. Por si esto no fuese suficiente para ganarse el respeto del joven grumete, sus historias acerca del circo y de sus viajes junto a su tío Argus eran casi tan emocionantes como los mejores relatos de alta mar, y de este modo fue, sin apenas darse cuenta, como ambos se volvieron inseparables.

Cuando no estaba con Piet, intercambiando historias o aprendiendo las faenas del barco, Lila se refugiaba en su camarote para leer el libro de Hurdof.

Esperaba encontrar en él pistas que ayudasen a comprender las decisiones de Pedrúsculo Ivinovich, y por ello trataba de entender todo lo que Huzvel contaba sobre los *Caracolius cristalinus*.

Hurdof calculaba que debía haber cientos de millones de ellos en las zonas profundas del océano y que para sobrevivir ascendían a la superficie con cierta frecuencia, quizá incluso una vez al día, aprovechando la misma atracción que la Luna ejerce sobre el océano y que provoca las mareas. Subir y bajar, mantenerse en movimiento confundidos con la espuma del mar; ese era, según el naturalista, su modo de vida.

–Pero... ¿y las islas? –le preguntó Leonora, con quien Lila compartía el pequeño camarote–. ¿No aseguraba Hurdof que había viajado sobre una isla formada por caracoles?

–Sí, sí –le aseguró Lila, con el libro de Hurdof abierto sobre las piernas–. Estuvo sobre una de esas islas durante varios días, a la deriva. Y, según él, era tan sólida que sus pies apenas se hundía unos centímetros en ella. Pero, en su opinión, esas islas solo se formarían durante los días próximos a los equinoccios.

—Cuando la Luna se encuentra más próxima a la Tierra...

—¡Eso es! Entonces, al igual que se producen las mareas más altas, la ascensión de los caracoles es mayor y se forman las islas.

Pese a estas explicaciones, Leonora se mostraba poco convencida.

—Pero ¿cómo se mantienen unidos? No lo entiendo.

—Según Hurdof, segregan una especie de líquido viscoso y muy pegajoso —le explicó Lila—. Eso es lo que les permite mantenerse unidos.

—¿Pegajoso como el pegamento, o como algo que se te queda pegado pero te puedes quitar?

Lila se encogió de hombros. Huzvel no explicaba nada sobre aquello. Sin embargo, a esas alturas, Leonora ya sentía curiosidad.

—Venga, cuéntame, ¿qué más dice?

—Dice que los caracoles tienen un sabor delicioso, muy dulce.

—¡Dulce! ¿Pero cómo se le ocurrió probarlos?

—Bueno, él y el mono tenían hambre.

—¿Mono? ¿Qué mono?

—Mustafá, un mono capuchino que viajaba con él.

—¡Caramba! —suspiró Leonora—. Me encantaría tener un mono que viajase conmigo.

—Además —siguió Lila—, los caracoles desprendían un olor irresistible, como de palomitas recién hechas.

La exploradora abrió aún más los ojos.

—No me extraña que los miembros del Gabinete no creyesen sus historias...

Pasaban los días y Lila seguía leyendo. Poco a poco, todos los del barco terminaron escuchando hablar de los *Caracolius cristalinus*.

–Al parecer –le contó Lila a Piet, sentándose a su lado durante una de sus guardias–, el olor de los caracoles atrajo a unas polillas.

–¿Polillas? ¿En medio del océano?

–Sí, miles de ellas. Huzvel dice que debieron de recorrer una distancia inmensa para llegar hasta los caracoles. Y que, cuando se posaron en la isla, los caracoles se les quedaron pegados y se volvieron completamente blancas.

Piet desvió un momento sus ojos del horizonte para mirar a su amiga.

–Pero entonces, ¿él también estaba blanco?

–No sé, supongo que sí.

–¿Y su mono?

–No dice nada de eso.

–Ya... –Piet se quedó callado, meditando sobre el asunto, y Lila continuó con su relato.

–Las polillas permanecieron quietas un par de días, tan quietas que Huzvel pensaba que se habían muerto de agotamiento. Pero al cabo de un tiempo, alzaron el vuelo todas a la vez y se marcharon tal y como habían llegado.

–¿Y qué pasó con Huzvel y su mono? –quiso saber tío Argus cuando escuchó esa parte de la historia.

–Resulta que después de las polillas llegaron los atunes.

–¿Atunes?

–¡Montones de atunes! –le aseguró Lila–. Huzvel dice que el mar se llenó de ellos, y que comían caracoles a tal velocidad que en unas horas ya casi no quedaba isla en la que mantenerse a flote.

Tío Argus lanzó uno de sus largos silbidos de preocupación.

–¿Y qué...? ¡Cómo se salvaron? –preguntó Singajik, sin soltar el timón.

–Gracias a los piratas.

–¡Piratas! –masculló el marinero–. ¡Mal rayo los parta!

–Por suerte, encontraron muy cómico divisar a Huzvel en pie sobre las aguas y con un mono capuchino en su hombro. A cambio de su microscopio de bolsillo, accedieron a llevarlos hasta el siguiente puerto, y para entonces se habían encariñado tanto con Mustafá que le regalaron un chaleco con botones de oro y rubíes.

–¡Los botones que encontramos en el Gabinete! –dijo de inmediato Fathid cuando escuchó este detalle.

–¡Exacto!

—Entonces —tuvo que admitir él , quizá algo de todo eso sea cierto.

Apoyada en la baranda, Lila asintió, pero lo hizo sin alegría.

—Pero nada de todo esto nos ayuda a encontrar al *Varsovia* —dijo, con la mente llena de monos capuchinos, caracoles, polillas, atunes y preguntas sin respuesta.

El viaje continuaba. Hacía mucho que Europa había quedado atrás y la costa de África se extendía siempre a babor, inacabable. El clima era cada vez más cálido y los puertos en los que atracaban brevemente estaban cargados de nuevas y poderosas sensaciones. Tío Argus, encargado de la intendencia, siempre encontraba en ellos algo irresistible, que llevaba consigo de vuelta al barco con enorme alegría. Podía ser una nueva fruta, algún llamativo tocado o quizá un pequeño instrumento musical que durante días trataba inútilmente de hacer sonar...

Leonora, tras conseguir el correspondiente permiso del capitán, dedicaba todo su tiempo libre a completar el gran mapa de la mesa octogonal, escaso en referencias únicamente en lo que se refería a tierra firme. Trabajaba de memoria, consultando solo en contadas ocasiones el anticuado atlas del camarote de oficiales, pues en su cabeza conservaba con absoluta precisión hasta los mínimos detalles de los incontables mapas que había realizado a lo largo de su vida. Sentándose sucesivamente en las distintas sillas y levantando con emoción la lámina de cristal correspondiente, dibujaba durante horas con delicadeza, poniendo exquisito cuidado en detalles tales como el número de meandros que efectuaba un río antes de llegar a un puerto, la altura exacta de cada cumbre y el preciso encadenamiento que existía entre ellas. Escribía con delgadas letras el nombre de los pueblos y ciudades más importantes, y también el de las fuentes y los cruces de caminos. Punteaba con pan de oro las rutas de los grandes mercaderes, y no olvidaba pincelar con su color correspondiente las banderas que ondeaban en las torres de las grandes fortalezas amuralladas. Con el dibujo minucioso de una flor y su hoja indicaba el tipo de árbol que abundaba en una umbría, y con la silueta de sus huellas, las fieras que podían encontrarse en ella. De este modo logró, a lo largo de aquellos meses de travesía, que el corazón de los continentes estuviese casi tan repleto de anotaciones como lo estaban sus costas y océanos.

En cuanto a Fathid, a medida que pasaban las semanas, se mostraba más y más ensimismado. A menudo se le veía sentado en cubierta, sin más compañía que la araña africana, que se había llevado consigo al no encontrar un lugar mejor donde dejarla. La araña era una fuente constante de intranquilidad para Leonora y buena parte de la tripulación, pero Fathid no hacía caso de sus temores y le procuraba todo tipo de mimos y atenciones. Reservaba para ella las migas del desayuno y de la cena, la colocaba en su mesilla cuando dormía y, mientras estaban en cubierta, situaba afectuosamente el bote a un nivel que permitiese a su inquilina contemplar el horizonte. También, con el fin de que el viaje le resultase menos monótono, había tomado la costumbre de cambiarle periódicamente la lámina del interior del bote. Por lo demás, el profesor apenas mostraba interés por las breves escalas que el barco realizaba ni por los mil incidentes que se desarrollaban en la vida cotidiana del *Neva*.

El día en que Lila se sentó junto a él, dispuesta por fin a preguntarle por su extraño comportamiento, la tarántula africana se paseaba calmosamente tras el vidrio sobre una orquídea anaranjada de la cual había tomado la tonalidad exacta. El profesor se mostró muy sorprendido al saber que todos estaban preocupados por su estado de ánimo.

–¡No, claro que no me sucede nada! Nada excepto esta luz, por supuesto –explicó, como si esto hubiese tenido que resultar evidente–. ¡Hace tanto que no visitaba estas latitudes...! Y entonces era solo un muchacho. ¿Te fijaste ayer en la luz rojiza que hubo todo el día? ¿No? ¿Pero cómo es posible? Sí, sí, tuviste que verla. Se debía a que las nubes que nos sobrevolaban estaban cargadas de arena, toneladas de arena que el aire transporta desde los desiertos continentales hacia el interior del océano. ¿No es fabuloso? ¿Y esta madrugada estabas despierta? Porque fue digno de verse

La enumeración de las luces que habían disfrutado en los últimos días continuó un buen rato, mientras Lila escuchaba tan interesada como aliviada al confirmar que al profesor no le sucedía nada malo, sino todo lo contrario, pues parecía realmente feliz con las oportunidades que le estaba ofreciendo el viaje.

Fue poco después de esta conversación, cerca ya del cabo de Buena Esperanza, cuando Lila presenció por primera vez cómo recogía Fathid sus muestras de luz. Desde mediodía, nubes oscuras habían ido cubriendo el horizonte, y ahora que la tarde caía, tenían la tormenta casi sobre ellos. La mayor parte de la tripulación se encontraba a cubierto o aguardaba expectante en sus puestos, pero Fathid, con Lila a un lado y uno de sus frascos de cristal en la mano, insistió en permanecer sobre el castillo de proa, desafiando el temporal.

Finalmente entraron en el corazón de la tormenta, donde llovía torrencialmente y el viento levantaba olas que rompían con fuerza contra el barco. Una serie de rayos atronaron iluminando la oscuridad. La muchacha, aferrada con fuerza al pasamanos de toldilla, miró de reojo al profesor y pensó si no estaría él mismo hecho también de electricidad, pues tal era la tensión de todo su cuerpo y de su rostro que parecía, por así decirlo, resplandecer. De pronto, un poderoso rayo chocó contra la superficie del mar, ramificándose su luz dentro del agua oscura. Cuantos estaban sobre cubierta quedaron sobre-cogidos ante esta imagen, pero Fathid, sin dudarlo, sacó medio cuerpo por encima de la baranda y sostuvo el frasco de tal modo que parte de aquella luz extraordinaria incidiese directamente sobre la boca del botellín. Victorioso, lo cerró con fuerza justo a tiempo, pues un marinero, temiendo que la siguiente ola lo arrancase de cubierta, se tiró sobre él derribándolo contra el suelo. Ajeno al peligro que había corrido y semiahogado bajo el peso de su corpulento salvador, el profesor alcanzó a agitar entusiasmado el frasco, gritándole a Lila, para hacerse oír por encima de aquel estruendo, que siempre había soñado con obtener una muestra de ese tipo.

Esos momentos magníficos y la relativa placidez de aquellos primeros meses de navegación no hicieron olvidar en ningún momento a los tripulantes del *Neva* el objetivo del viaje, y la esperanza de encontrarse con el navío del Ivor el Zurdo a lo largo de la ruta permanecía viva.

Piet y Lila no solían hablar de este tema. Como mucho, el joven grumete contaba alguna historia de su padre, quizá aquella aventura en Puerto Azul, cuando el *Neva* fue abordado por los piratas, o bien Lila le volvía a relatar cómo Pedrúsculo Ivinovich le había escrito años atrás ofreciéndole su hogar y su hospitalidad. Con eso bastaba, pues ambos sabían perfectamente cómo se sentía el otro. Aun así, en ocasiones, Lila sentía deseos casi irreprimibles de contarle a su amigo algo más, un secreto que había mantenido a duras penas desde que partieran de San Petersburgo y que cada día le costaba más ocultar.

Sin embargo, cuando por fin supo que había llegado el momento de hablar, no fue a su amigo a quien acudió, ni siquiera a tío Argus, sino a la persona que más la intimidaba de todo el barco: el capitán Hans Guttrosky.

11
UNA REUNIÓN MUY REVELADORA

CUANDO AQUELLA NOCHE, al concluir la cena, el capitán convocó una reunión en la sala de oficiales, nadie se sorprendió. Solían reunirse con frecuencia para discutir los pormenores del viaje, de modo que se congregaron en la sala como tantas otras noches, charlando y comentando las anécdotas del día. Sin embargo, al ir a sentarse, tanto Fathid como Leonora y tío Argus enmudecieron bruscamente. Sobre el cristal de la mesa octogonal, dispuestos en forma de abanico, había media docena de sobres. En sus sellos de lacre, todos quebrados, reconocieron de inmediato la sirena del *Varsovia II*. La frase protocolaria que encabezaba la primera de ellas, *Para lectura exclusiva del Zar de Todas las Rusias*, aparecía firmada siempre por una misma persona, el profesor Pedrúsculo Ivinovich.

—Pero ¿dónde... quién... cuándo...? —solo acertó a decir Fathid, mirando al capitán con un sonrojo que revelaba su confusión.

—Las cogí yo, del Gabinete.

Se volvieron los tres, como una sola persona, hacia Lila, quien, con aire apesadumbrado, esperaba el chaparrón de reproches. Fathid, sin embargo, estaba aún demasiado sorprendido para decir nada. Fue Argus el primero en reaccionar.

–¡Las cogiste la noche que nos encontramos frente a las cabezas reducidas! –adivinó.

–Bueno –intervino Leonora rápidamente–, ¡pues a mí no me parece mal! Nada mal. Son las cartas de su tío. ¡Aunque sea segundo, Argus! –añadió antes de que él interviniese–. Y dadas las circunstancias, dudo mucho que el profesor Ivinovich pusiese alguna pega a que su sobrina tuviese acceso a ellas.

–¡Pero Leonora, el secreto, la confidencialidad! –exclamó por fin Fathid.

–¡Oh, al diablo con la confidencialidad! –contestó tío Argus, evidentemente satisfecho con el curso que habían tomado los acontecimientos–. Lo importante ahora es saber qué dice mi primo en esas cartas.

–¿Son malas noticias? –preguntó Piet, repentinamente angustiado ante esa posibilidad.

El capitán habló entonces por primera vez, y su voz grave y firme calmó algo los ánimos.

–Lila, creo que deberías comenzar por el principio y contarlo todo paso por paso –sugirió. Lila, asintiendo, se sentó muy cuidadosamente, tratando de ganar unos segundos para decidir por dónde comenzar.

–Como sabéis –dijo al fin–, Pedrúsculo estaba muy interesado en los caracoles marinos de los que Hurdof habla en su libro: Los *Caracolius cristalinus*.

Notando la garganta repentinamente reseca, Lila tomó entre sus manos una de las cartas. No tenía intención de leerla y ni siquiera la abrió, tan solo la sostuvo entre sus dedos, haciéndola girar mientras continuaba.

–Pero los miembros de Real Gabinete le prohibieron investigar sobre ello. ¿No es así, profesor? –dijo la muchacha buscando el visto bueno de Fathid, quien asintió imperceptiblemente, aún meditabundo–. Aparentemente, mi tío aceptó estas condiciones, y cuando se embarcó en el *Varsovia* aseguró que su objetivo era estudiar las costumbres de los leones marinos. –El sobre que tenía en sus manos dejó de girar llegado este punto–. Sin embargo estas cartas, las que envió al Gabinete durante el viaje y que solo podían leerse al regreso de la expedición, tratan única y exclusivamente de los caracoles de Hurdof. Así que hay que suponer que mintió al Gabinete sobre sus verdaderas intenciones.

Un pequeño resoplido de satisfacción evidenció que a tío Argus le parecía justo recordar que él había defendido esa tesis desde el principio. La muchacha no interrumpió su relato.

–Cuando hace unos días leí por fin las últimas dos cartas, descubrí que el profesor no había elegido al azar a los leones marinos como tema de estudio –dijo Lila–. Desde el principio tenía interés en venir al mar de Ojotsk, e incluso en subir un poco más hacia el noroeste. Los leones abundan en esa zona, por eso eran una excusa perfecta.

–Pero ¿por qué Ojotsk? –preguntó tío Argus, estudiando una vez más sobre el mapa aquel mar al que se dirigían desde hacía tantos meses.

–Bueno... –respondió esta vez en voz más baja Lila–, creo que porque fue allí precisamente donde desapareció el primer *Varsovia*.

Pese a haber sido pronunciadas en un susurro, esas palabras parecieron llenar todo el camarote. Tío Argus levantó los ojos del mapa e intercambió una alarmada mirada con Fathid.

–¿Usted sabía eso, capitán? –preguntó Leonora.

El capitán asintió, y también Urko y Singajik.

–Sí, por supuesto que lo sabíamos. Recuerde que era mi abuelo quien comandaba aquel barco.

–Pero... ¡no nos advirtió! No nos dijo que Ojotsk era peligroso –casi gritó Fathid.

–No, no se lo dije porque en realidad no sabemos si lo es o no –respondió sin alterarse el capitán–. No sabemos qué es lo que les sucedió, así que ¿acaso podemos asegurar que ese lugar sea más peligroso que cualquier otro? Lo dudo mucho. Además, ¿qué hubiésemos ganado diciéndoselo? ¿Acaso, de saberlo, no hubiesen venido?

Los presentes reconocieron que Hans tenía razón: hubiesen ido hasta allí de todos modos, con más premura aún si esto hubiese sido posible. Tío Argus se volvió de nuevo hacia Lila.

–Pero que el *Varsovia* desapareciese en esas aguas no puede ser el único motivo. ¿Qué más sabía el profesor Ivinovich?

La muchacha, antes de contestar, miró de reojo a Fathid, quien se enderezó al punto, intuyendo que de algún modo las siguientes palabras iban a molestarle.

–Mi tío tenía consigo la correspondencia que envió Hurdof desde el primer *Varsovia*.

–¡También él! –fue lo único que logró articular el profesor Fathid.

–¡Pero eso no estaba prohibido: habían pasado más de cinco años! –protestó Lila, y los demás tuvieron que darle la razón, pues en realidad habían transcurrido varias décadas–. Así supo que, tras varios meses de viaje y al no dar con nuevas ascensiones de caracoles, Hurdof pensó en localizar las polillas, con la esperanza de que fuesen ellas quienes le llevasen hasta los caracoles.

–¿Qué tienen que ver las polillas en todo esto? –quiso saber Singajik.

–Hurdof explica en su libro que las polillas que vio durante su viaje a bordo de la isla de caracoles parecían detectar estas ascensiones desde enormes distancias. Probablemente es el olor lo que las atrae –explicó la muchacha.

–¿Y las polillas llevaron a Hurdof hasta Ojotsk?

–No, en realidad no. Fueron más bien los atunes... –respondió Lila y, suspirando ante la cara de desconcierto de sus amigos, trató de aclararlo–. Según creía Hurdof, y también Ivinovich, las mariposas se alimentan del líquido dulce que segregan los caracoles, mientras que los atunes, en pleno proceso migratorio, devoran estas grandes masas de caracoles. Hurdof pensó que debía encontrar un lugar donde se hubiesen visto ambas especies, atunes y mariposas nocturnas, y que encontraría también los caracoles. Recopiló mucha información sobre las costumbres migratorias de ambas especies para ver dónde coincidían y, finalmente, encontró unas leyendas de los anui, los indígenas que viven en algunas islas de Ojotsk, en las que se menciona a ambas. Pensó que ahí podía estar la clave y decidió acudir a esa zona en la única fecha que le servía de guía para prever esta conjunción de sucesos, el aniversario de su propio naufragio, el 22 de septiembre, el equinoccio de otoño.

Fathid, arrugando los ojos, trató de recordar algo.

–La fecha del último correo de Ivor es del 5 de septiembre, dos semanas antes del equinoccio. ¡Por eso Pedrúsculo insistía en retrasar el regreso de la expedición!

El capitán asintió.

–Sí, y creo que nosotros también deberíamos estar allí para entonces, de modo que tendremos que aumentar nuestra velocidad –dijo, tras lo cual masculló pensativo–: Dios quiera que no sean tres los Guttrosky que se equivoquen al tomar esta decisión.

Tras abandonar el camarote de oficiales, tío Argus continuó meditabundo.

–Sabemos por qué Ivinovich quería estar allí, pero ¿qué pudo hacer que Ivor accediese finalmente a sus deseos? –se preguntó en voz alta–. Cuando escribió la última carta al Gabinete, estaba completamente decidido a regresar a San Petersburgo, y no creo que fuese su curiosidad por los leones marinos lo que le hizo cambiar de opinión.

Para su sorpresa, fue Piet quien le dio la respuesta.

–Lo hizo por el oro –dijo sin dudarlo–. Por el oro del primer *Varsovia*.

–Por supuesto –afirmó tras él Singajik, como si no lo hubiese dudado ni por un momento–. Ya saben lo que decían sobre ese barco: «Un manto de oro de proa a popa». No hay un solo marinero en Rusia que no haya soñado alguna vez con encontrar la sirena del *Varsovia*. ¿Y quién más adecuado para dar con ella que un Guttrosky?

12
Equinoccio

Tras aquella reunión, en el barco se sintió un cambio de ánimo. La relativa placidez con la que habían transcurrido los primeros meses del viaje dio paso ahora a una mayor preocupación, las escalas eran cada vez más breves y la esperanza de encontrarse con el navío del Zurdo a lo largo de la ruta prácticamente se desvaneció.

Finalmente, a principios de septiembre, el *Neva* dejó atrás las islas de Japón y entró en el mar de Ojotsk. El punto del mapa que el capitán había señalado tantos meses atrás con su vara se extendía, pálido y frío, ante ellos.

Pusieron rumbo noroeste, siguiendo las indicaciones contenidas en la correspondencia de Ivor y del profesor Ivinovich, y comenzaron así a bordear un archipiélago de pequeñas islas que, formando un arco, cerraban el mar por aquel lado, separándolo del océano Pacífico. Desde hacía semanas, el capitán, Leonora y Singajik, encerrados en el camarote de oficiales, revisaban palmo a palmo la escasa información que tenían sobre la costa en aquella zona del mundo. Buscaban alguna cala, algún lugar propicio, donde un barco como el *Varsovia* hubiese podido buscar refugio en caso de haber tenido problemas, e incluso algún lugar donde, en el peor de los casos, pudiesen ir a parar los restos de un naufragio. Sin embargo, una vez sobre el terreno, comprobaron que era inútil fiarse de la información de los mapas, pues esta era tan escasa e inexacta que resultaba preferible navegar y otear el horizonte esperando que lo que encontrasen no fuese lo mismo que había hecho desaparecer a los dos barcos tras cuya pista avanzaban.

Durante los siguientes días navegaron muy lentamente, a menudo a la sombra de las montañas nevadas que coronaban aquellas islas, mientras los vigías, ateridos de frío, vigilaban las flores de hielo que se formaban de madrugada sobre la superficie del mar, las mismas que había observado con preocupación el Zurdo Guttrosky un par de años atrás. No sabían qué buscaban, y esta incertidumbre se unía a un temor, casi supersticioso, hacia los peligros que supuestamente los acechaban.

El día 20 y el 21 las mareas fueron ya más intensas, y el 22 de septiembre, víspera del equinoccio de otoño y con la luna casi llena, se redobló la guardia. Sin embargo, aquella misma tarde, una densa niebla, tan común en aquella zona, los envolvió cegándolos por completo. Bajaron al mínimo el velamen, encendieron los fanales de popa y proa y toda la tripulación se mantuvo junto a los aparejos, dispuestos a emprender cualquier maniobra y vigilando el mar a la espera de alguna señal que pudiese resultar significativa, pese a que era poco lo que alcanzaban a distinguir. Los marineros, maldiciendo, aseguraban no haber visto jamás una niebla tan espesa como aquella, aunque es posible que esta impresión se debiese al inoportuno momento en el que había aparecido. Al oscurecer se encendieron nuevas lámparas. A cada rato tenían orden los marineros de sostenerlas sobre la borda, hacia el mar, en un inútil intento por distinguir algo en aquellas aguas completamente cubiertas.

—No podríamos ver ni una manada de ballenas —se quejó Piet, inclinado junto a Lila sobre el pasamanos de popa y tratando de contener las lágrimas de impotencia que le llenaban los ojos.

La noche transcurrió despacio y la tensión inicial fue dando paso a un profundo desánimo. El capitán, que desde la tarde se había encerrado en un sólido mutismo, se mantenía junto al timón, con la mirada perdida en aquella niebla, como si quisiese obligarla a elevarse.

—¡Sube la marea! —gritó uno de los marinos desde el puesto de guardia poco antes del amanecer. Y así era: una fuerte corriente comenzó a mover el barco a mayor velocidad, no excesiva, pero sí lo suficiente como para que fuese perceptible.

—La marea del equinoccio, la más intensa del año —murmuró tío Argus con desaliento, pues aunque las piezas encajaban, podían estar a pocos metros de los caracoles, los atunes, o incluso del *Varsovia*, sin saberlo.

Antes de que Lila pudiera contestarle, comenzó el rumor. El silencio sobre cubierta les indicó que el resto de la tripulación también lo había percibido. Un instante después, la intensidad de aquel sonido creció, como si se abalanzase sobre ellos.

—¿Qué es...? —comenzaba a decir Piet cuando algo chocó contra su frente, haciéndole soltar una exclamación más de sorpresa que de dolor.

Una serie de maldiciones desde la niebla dejaron claro que no era el único que había recibido un impacto de ese tipo. Se agachó y recogió lo que le había golpeado. No fue necesario que advirtiera a los demás, pues para entonces el aire estaba lleno de polillas.

Emergieron de aquella blancura amarillenta creada por la luz de los fanales, más blancas ellas que la niebla misma, y eran tantas que, durante unos instantes, Piet no pudo ver nada ni apenas respirar. Golpeaban contra su boca, su nariz y todo su cuerpo. Aleteaban furiosamente, volando a gran velocidad, peludas y robustas. Un momento después habían dejado atrás el barco.

–¡Tenemos que seguirlas! –gritó Lila corriendo a duras penas hacia la popa, donde durante todo el día había estado el capitán. Para cuando llegó a su lado, Hans Guttrosky ya estaba dando las órdenes pertinentes, movilizando con cuatro palabras a toda la tripulación.

–¡Vamos a intentarlo, pero con esta niebla no hay manera de saber qué dirección siguen! –le dijo a Lila nada más verla. Sus cejas, fruncidas durante todo el día, lo estaban aún más en ese momento, pero ella se dio cuenta de que Hans revivía al encontrar un cabo al que aferrarse, algo que hacer, aunque fuese un intento casi desesperado.

–¡Siguen la corriente! ¡Solo es eso! –les gritó tío Argus, con la respiración entrecortada por la carrera–. ¡Tenemos que seguir la corriente!

El capitán asintió con firmeza. Era arriesgado porque podían chocar con escollos, pero no tenían otra opción. Apenas había dado esta orden cuando el barco fue sacudido desde el fondo del casco y Hans maldijo en voz alta, temiendo haber acertado en sus temores. Sin embargo, el *Neva* no había encallado, sino que algo se deslizaba bajo él. Aferrándose a los aparejos cercanos para mantener el equilibrio, notaron cómo la vibración continuaba, dando la sensación de que cientos de tentáculos martillearan a la vez contra el casco de la nave. Algunos marineros, tras la experiencia de las polillas, cayeron de rodillas, presos de temblores supersticiosos, mientras que otros, más osados, corrieron en busca de sus arpones, dispuestos a hacer frente al gigantesco ser que los atacaba, fuese lo que fuese.

–¡Son los atunes, son los atunes! –se escuchó la voz de Leonora, que continuaba junto al fanal de proa.

Los hombres corrieron a verlos con sus propios ojos. Efectivamente, en la estrecha franja iluminada por las lámparas, el mar alrededor del barco hervía de peces, como si navegasen de pronto sobre sus lomos. Pasaban a centenares bajo ellos, no, ¡a millares! Nadando tan a ras de agua que sus cuerpos brillaban como el metal a través de la niebla. Al poco tiempo, también ellos adelantaron al navío, perdiéndose en la misma dirección que las polillas.

Luego, todo volvió a quedar en calma. Al menos aparentemente, porque la corriente era cada vez más fuerte, de modo que el capitán mantuvo a los hombres en sus puestos. Por suerte, con el amanecer, la niebla comenzó a levantarse, permitiéndoles ver ante ellos las altas montañas de las islas, cuyas laderas descendían en rocosos cortados sobre la costa. Era una zona llena de rompientes, y parecía un milagro no haber chocado con ellos. Sobre la cubierta, como un recordatorio de lo sucedido poco antes, se veía gran cantidad de polillas inertes tras haber impactado contra mástiles y aparejos.

Pict, sobre la jarcia del palo mayor, gritó y señaló algo con el brazo extendido. El viento era fuerte y apenas pudieron oírle.

–... gruta –llegó su voz en una racha de viento favorable.

–¡Dice algo de una gruta! –gritó a su vez Fathid a Hans, que se ocupaba de nuevo del timón.

–¿En qué dirección? –bramó este sin apartar los ojos del mar. Por momentos, las cosas se estaban poniendo feas. Según parecía, en aquella zona había un cruce de corrientes que formaba un remolino contra el que el barco apenas podía luchar. Altas olas golpeaban contra la nave, como si en cuestión de minutos se les hubiese venido encima una tempestad.

Lila miró de nuevo hacia arriba. Los gestos de Piet se habían vuelto frenéticos. Señalaba hacia la pared de roca de la isla más cercana, casi oculta por la espuma de las olas que rompían contra ella. Lila dudó por un momento si indicarle al capitán la dirección que señalaba su sobrino. Se dio cuenta de que sentía miedo ante la feroz determinación que se había apoderado del capitán. La proximidad del lugar donde había desaparecido su hermano, y mucho antes su abuelo, parecía haber duplicado sus fuerzas e incluso su tamaño.

Todos estos pensamientos cruzaron la mente de Lila como una exhalación, suficiente para que en esos segundos de titubeo alguien se le adelantase. Leonora señaló hacia las rocas imitando el gesto del joven grumete.

–¡Capitán, Piet señala en aquella dirección! –gritó, y aunque su voz tampoco llegó, en esta ocasión Hans entendió e hizo un gesto de asentimiento.

Miró hacia el cortado, plagado de rocas como hojas de sable. No había rastro alguno de las polillas ni de los atunes. Su única pista era aquella endiablada corriente, y la corriente los llevaba directamente hacia aquel lugar. Piet no hubiese señalado la existencia de una gruta de no tener esta un tamaño considerable. ¿Se ocultarían en su interior los restos del *Varsovia*? ¿Cuánto debía arriesgar para averiguar si había algo allí que mereciese la pena? ¿Pondría en peligro de ese modo a la tripulación? Su mente dudaba, pero su cuerpo parecía haber decidido por él, ya que, con toda la fuerza de sus sólidos brazos, mantuvo firme el timón para conducir el barco hacia la isla.

De pronto, la nave fue alzada por una ola especialmente vigorosa, como si hubiese logrado subir un repecho, y por un instante el capitán avistó la gruta que había señalado Piet. Era una abertura alta y estrecha, difícil de distinguir debido al color de la piedra, que camuflaba la propia oscuridad del vano. Bien enfilado, un barco cabría por ella con cierta holgura, pero ¿qué calado tendría aquel fondo? Si no era navegable para un barco como el *Neva*, menos aún para el *Varsovia*. En cuestión de segundos, el capitán se obligó a reconsiderar su decisión: darían media vuelta, no arriesgaría la vida de aquellos hombres y mujeres solo para cerciorarse de que su hermano había muerto en aquel lugar.

El barco descendió la ola con una fuerte sacudida. La pared de rocas estaba ahora tan próxima que el capitán se alarmó, tomando conciencia plena del peligro que corrían. Ordenó maniobrar y trató de dominar el timón, pero solo para descubrir que, una vez superado el cruce de corrientes, el mar los llevaba en una sola y poderosa dirección. Hans miró hacia el frente. El agua los conducía hacia la gruta.

13
La gruta de Ojotsk

No había nada que hacer, era imposible maniobrar contra aquella corriente. Lila miró asustada al capitán. Toda la fuerza que desprendía unos minutos antes había desaparecido, y ahora contemplaba hipnotizado la gruta que se aproximaba a gran velocidad.

Arriba, Piet volvía a gritar tan fuerte como se lo permitían sus pulmones. Su voz llegaba más nítida, quizá porque, pese a la corriente, allí había menos oleaje. Los avisaba de unos peñascos a estribor. Fue suficiente para que Hans reaccionase. Sacudió la cabeza, como si se desembarazase del estupor, y ordenó a tiempo el viraje. Gracias a la destreza de la tripulación, el barco comenzó a introducirse limpiamente entre las dos paredes de roca, tan próximas que uno tenía la falsa impresión de que extendiendo el brazo podría llegar a tocarlas. Poco después, la luz era tan escasa que apenas alcanzaban a verse los unos a los otros.

–¡Necesitamos luz! –gritó el capitán.

Para cuando lograron encender de nuevo los faroles, dentro de la cueva era noche cerrada. Las cuatro o cinco lámparas iluminaron débilmente la cubierta del barco. A su alrededor, algunos destellos indicaban el lugar donde su luz se reflejaba en las paredes húmedas.

La corriente continuaba llevándolos, sin que ellos tratasen ya de resistirse. El *Neva* era como un barco de juguete que los niños dejan libre en un canal para correr detrás, conocedores de que solo hay un camino posible: hacia delante.

A excepción del rumor del agua, el silencio era total allí dentro. No se oía el familiar graznido de las aves costeras, ni el chapoteo de las morsas o los elefantes marinos que, con placer, deberían haber hecho de aquella gruta su lugar de recreo. Quizá su ausencia se explicase por el calor, un calor que no sentían desde hacía semanas y que los obligó a quitarse sin alegría los abrigos y luego los gruesos jerséis de lana.

«Es como si la tierra nos hubiese tragado», pensó Lila, dándose cuenta con espanto de que si aquel era el destino

que habían corrido el primer y el segundo *Varsovia*, probablemente tampoco del *Neva* volviese a saberse nunca en el mundo exterior.

Continuaron en sus puestos, aunque poco podían hacer ya, y la tensión inicial fue dando paso a un peculiar estado de agotamiento. Les comenzaron a doler los ojos por el continuo esfuerzo de tratar de vislumbrar algo en aquella penumbra, y el inicial temor del capitán a chocar contra alguna roca sumergida o a que el techo descendiera quebrando los mástiles, se convirtió en una sensación de fatalismo. Sería lo que tenía que ser, no podían hacer más.

Al cabo de un tiempo, no habrían sabido decir cuánto, comenzó a escucharse un zumbido, un murmullo ligeramente familiar que, sin embargo, les puso los pelos de punta.

Piet, desde lo alto, gritó, y su grito resonó contra la piedra.

–¡Hay algo sobre nosotros! –dijo tratando de ocultar su alarma, pero sin lograrlo. Tendía su farol hacia arriba, pero no alcanzaba a distinguirlo.

En ese momento, una suave luz, rosada y perlada, inundó la cueva. Era como si allí mismo estuviese amaneciendo, y la mayoría miraron ansiosamente hacia delante, esperando encontrar ante ellos un horizonte sobre el cual saliese en esos momentos el sol. No fue así, pues tan solo se trataba de uno de los frascos de Fathid, que el profesor había descorchado, inquieto por aquel sonido invisible.

–¡Mirad! –exclamó Leonora señalando hacia lo alto.

Desde allí les llegó una vez más la voz de Piet.

–¡Son las polillas! ¡Las polillas!

Y así era. Toda la superficie de la cueva, que allí se ensanchaba formando una bóveda alargada sobre el barco, estaba cubierta de mariposas nocturnas que, tal vez a causa de la luz, revoloteaban ahora con renovada intensidad, haciendo que aquel zumbido aumentase de un modo estremecedor.

Los tripulantes enmudecieron frente a aquella visión extraordinaria. Las polillas, completamente blancas, hacían que las paredes pareciesen cubiertas de polvo de nieve agitado por el viento. Lila subió a toda velocidad por el mástil mayor, hasta donde se encontraba Piet, para contemplar de cerca el espectáculo.

Apenas unos minutos después, la luz del frasco comenzó a descender gradualmente como si, tras un breve amanecer, el sol volviese a ponerse de nuevo, y pronto solo les quedó el pobre consuelo de las lamparillas de aceite.

Aunque lo deseaban, nadie pidió a Fathid que abriese una nueva botella. No sabían cuánto tiempo tendrían que pasar allí dentro, y era más prudente guardar la luz por si les hacía falta más adelante.

Por otra parte, la visión de las polillas había reavivado la esperanza de estar sobre la pista del *Varsovia*, aunque aquello no dejaba de encerrar una desalentadora predicción acerca del destino que los aguardaba.

Lila, aún sobre el mástil, logró cazar una polilla y la mantuvo prisionera, con precaución, en su mano. El tacto de sus patas y sus peludas antenas no la molestaba. Se preguntó qué habría sentido Pedrúsculo Ivinovich al descubrir, por fin, aquel lugar.

–¡Cada vez hace más calor! –resopló Piet a su lado.

Y era cierto. ¿Estaban yendo acaso hacia las profundidades de la Tierra? Pero nada les hacía suponer que descendiesen. En ese momento, Lila sintió un soplo de aire en la cara, apenas un roce, nada, pero suficiente para ponerla en alerta. Dejó libre la polilla. Abajo oyó las voces de otros marineros anunciando que habían sentido lo mismo. Sí, llegaba desde proa una suave corriente, muy débil. ¿Significaba eso que la gruta tenía otra salida? ¿Saldrían de nuevo a mar abierto? En el muro de oscuridad que se extendía frente a ellos se abrió un punto de luz. Piet lo anunció, feliz, aunque era innecesario porque también abajo lo habían visto.

El aire se fue volviendo por momentos más puro y fresco, y la luz aumentó hasta conformar una abertura de gran tamaño.

¡Salvados! Leonora abrazó a Fathid y Singajik dio unos golpecitos de ánimo a tío Argus, que sonreía aliviado. También el capitán, a solas en ese momento junto al timón, dejó escapar el aire que le parecía llevar dentro de los pulmones desde aquella enorme ola. Salvados. ¿Habría sentido ese mismo alivio su hermano a bordo del *Varsovia*? Pero entonces, ¿por qué no habían vuelto a tener noticias de ellos?

La respuesta llegó un instante después, cuando el barco, atravesó el arco de luz. La tripulación parpadeó, cegados por un momento. Cuando lograron abrir los ojos y mirar a su alrededor, permanecieron en silencio. Sobre ellos tenían el cielo azul, pero limitado por una altísima pared de roca que los rodeaba formando una perfecta circunferencia.

–Un cráter –susurró Leonora, que había tenido oportunidad de ver un gran número de ellos en sus exploraciones.

Así era. Estaban en un amplio lago de aguas turquesa formado en el interior de un cráter de gran tamaño. Una vegetación exuberante, nada propia de aquellas latitudes, cubría buena parte de las laderas, formando un anillo alrededor del lago.

Era un espectáculo francamente hermoso, pero cuantos viajaban en el *Neva* sintieron un nudo en la garganta. Nada es tan hermoso como el alivio de estar a salvo, y a nadie se le escapaba que aquella corriente era demasiado poderosa como para remontarla en sentido contrario. Estaban atrapados.

–¡A estribor, a estribor! –gritó Lila desde lo alto–. ¡Un barco!

Efectivamente, en el otro extremo del lago se dibujaba la silueta de un navío de gran envergadura. Visto a través del catalejo, no quedó duda alguna: se trataba del barco de Ivor Guttrovsky, el *Varsovia II*.

–¡Hay alguien sobre cubierta! –les informó Fathid, presa de un gran nerviosismo.

–¡Sí! –confirmó el capitán, observándolo a través de su catalejo–. Y parece que nos han visto.

Envarado pese a la emoción que indudablemente debía sentir, el capitán continuó notificando a la tripulación, arremolinada en torno a él, cuanto veía.

–Salen más hombres a cubierta, al menos una docena. Parecen contentos de vernos. Muy contentos.

Estas últimas palabras las dijo con cierta amargura, pero aun así le tembló algo la voz cuando añadió:

–Creo que veo al capitán Guttrosky entre ellos.

Junto a él, algunos marineros, agolpándose contra la baranda, saludaban ya con brazos y sombreros, lanzando gritos y vítores. Leonora agitó su pañuelo amarillo y Fathid corrió a izar la bandera del Real Gabinete, que había tomado subrepticiamente antes de partir, pese a no encontrarse en viaje oficial. Lila, aún quieta junto a Piet en lo alto del palo mayor, no hizo intento alguno de pedirle a su amigo el catalejo. Después de todo, se dijo, sería incapaz de reconocer a su tío si, efectivamente, estaba entre aquellos hombres. Ni siquiera podría hacerlo cuando estuviese frente a él.

14
EL *VARSOVIA*

VISTO DE CERCA, el *Varsovia* era aún más impresionante de lo que Lila hubiese podido imaginar. Si bien el dinero no había alcanzado en esta ocasión para llevar a cabo los legendarios excesos de su antecesor, sus dimensiones eran semejantes a las de aquel, y lograban que a su lado el *Neva* se viese panzudo e insignificante, como un torpe borrachín a los pies de un gran señor. La muchacha, ante esta involuntaria comparación, sintió un arrebato de afecto por el barco que los había llevado tan lejos. «¡Tan lejos!», se repitió a sí misma. Ahora que por fin iba a conocer a su tío, se sentía casi enferma de nerviosismo. ¿Qué le diría cuando le viese? ¿De qué iban a hablar? ¿Se alegraría de que hubiese cruzado medio mundo para preguntarle si podía vivir con él? Trató de contener el deseo de saltar del bote de remos y regresar a nado a la seguridad del viejo navío.

El capitán Hans, que estaba sentado a su lado, se volvió inesperadamente hacia ella.

–Los reencuentros siempre son momentos delicados –dijo, como si la muchacha hubiese expresado en alto su inquietud–, pero verás cómo el profesor Ivinovich se alegra muchísimo de verte.

Lila permaneció en silencio, pero se sintió más animada. Ambos miraron de nuevo hacia la imponente silueta del barco, viendo recortarse la sombra de los marineros que se ocupaban de tender la escala por la que subirían.

Sobre la cubierta de la nave, en ordenada formación y perfectamente uniformados pese al calor, los esperaba la tripulación en pleno, a cuya cabeza se encontraba el Zurdo Guttrosky. Incluso sin su uniforme de capitán, su parecido con Piet y Hans hubiese bastado para identificarle. Tenía las mismas cejas rubias y espesas que su hermano mayor y, aunque era de complexión más delgada, su nariz y su mandíbula cuadrada no dejaban lugar a dudas.

Lila se sintió intimidada por aquel recibimiento tan formal. En sus conversaciones con Piet siempre habían

imaginado algo más emocionante. Vítores y salvas de
bienvenida, música e incluso algún marinero llorando.
Pero quizá la tripulación del *Varsovia* tampoco había
imaginado así su rescate, se dijo. A la fuerza, pensó atropelladamente mientras trataba de pasar inadvertida entre sus compañeros, debía extrañarles aquella peculiar
expedición. ¿Dónde estaba la marina del zar?, se estaría
preguntando en esos momentos Ivor. ¿Qué hacía allí el
Neva en vez de un orgulloso buque imperial?

Si estos eran sus pensamientos, el capitán del *Varsovia*
no dejó que su rostro los trasluciese. Cuadrándose ante
su hermano, lo saludó marcialmente, saludo al que Hans,
con un gruñido, respondió con un fuerte abrazo.

Cuando se separaron, la rigidez del Zurdo había dis-
minuido, pero aún tardó un instante en fijarse en el muchacho que esperaba tras su hermano.

–¿Piet? –dijo al verle y, adelantándose, lo cogió por los hombros con fuerza, examinándolo con mal disimulado orgullo. El muchacho asintió, radiante, pero antes de que pudiese decir nada, la cara de su padre se nubló de pronto. Volviéndose hacia el capitán del *Neva*, le preguntó–: ¿Cómo se te ha ocurrido traerlo contigo?

Fue Singajik quien, adelantándose un paso, evitó el enfrentamiento.

–Ivor, no hubiésemos podido dejarlo en tierra aunque hubiésemos querido. Es un Guttrosky, no lo olvides.

Ivor miró al viejo marino y, recapacitando, asintió en silencio; luego, se volvió de nuevo hacia su hijo. Habían pasado casi tres años desde que lo viese por última vez, tiempo de sobra para que el crío que dejase en San Petersburgo se convirtiese en un muchacho hecho y derecho. ¿Y no tenían él y Hans más o menos su edad cuando se embarcaron por primera vez? Sin embargo, en aquellas circunstancias...

Recordando sus deberes como anfitrión, apartó estos pensamientos e invitó a los recién llegados al interior del *Varsovia*. Allí comerían y hablarían con tranquilidad, les dijo con tal aplomo que se hubiese dicho que todos ellos se encontraban fondeados en un elegante puerto de Europa, dispuestos a disfrutar de un agradable almuerzo.

–Ivor –dijo Hans mientras se encaminaban a la sala de oficiales–, sabemos que entre los científicos de la expedición viajaba el profesor Ivinovich. ¿Está aún con vosotros?

El menor de los Guttrosky se paró en seco al oír el nombre del profesor. Volviéndose hacia su hermano y el resto de invitados, y conteniendo un primer impulso, contestó con voz neutra:

–El profesor Pedrúsculo Ivinovich está detenido en nombre de Su Majestad Imperial el Zar de Todas las Rusias.

Tío Argus y Fathid intercambiaron rápidas miradas de preocupación mientras Lila sentía que el corazón le daba un vuelco.

–¿De qué se le acusa? –preguntó Hans, formal.

La voz de Ivor fue cortante al responder:

–Alta traición.

Singajik se santiguó, pues en Rusia los condenados por traición recibían la pena capital. Lila, sin embargo, dio un paso hacia el Zurdo y respondió sin pensarlo:

–¡Mentira!

–¡Es la sobrina de Ivinovich! –intervino rápidamente Hans al ver que su hermano se sobresaltaba ante aquella falta de respeto. Ivor se tomaba estos detalles muy en serio. ¿Quién sino él podía haber organizado aquel recibimiento, con toda la tripulación perfectamente uniformada y en formación, después de dos años aislados en los confines del mundo? ¿Y quién sino alguien que valorase los detalles hubiese ordenado detener a un hombre como Ivinovich en aquellas circunstancias, encontrándose todos ellos en los confines del mundo, prisioneros en el interior del cráter?

–Si eso es cierto y se trata de su sobrina –respondió el Zurdo con voz glacial–, será conveniente que sepa cuanto antes que su tío permanece retenido en su camarote, y que será juzgado por amotinamiento en cuanto regresemos. Le considero responsable de nuestra situación.

Ante estas palabras, Lila calló y dio un pequeño paso atrás. De algún modo, aquello no la sorprendía tanto como su primera reacción hubiese podido dar a entender. Carta tras carta, había visto crecer la obsesión del profesor por resolver el misterio de los *Caracolius cristalinus*. Esta idea había llegado a ser tan poderosa en él que fácilmente podría haberle llevado a cometer más de un acto de rebeldía.

La comitiva continuó su camino hacia el camarote de oficiales mientras Lila se preguntaba una vez más qué clase de persona era en realidad aquel tío suyo y qué diría el cristal del señor Brigadier si lo mirase de nuevo para escudriñar sus deseos.

Mientras dos marineros terminaban de disponer la mesa para el almuerzo, Lila y tío Argus recibieron permiso para visitar al prisionero.

—En realidad —les explicó el marinero que los guiaba—, el profesor se encuentra bastante cómodo, ya lo verán. Puede salir a cubierta durante unas horas todos los días y recibir visitas siempre que lo desee. Lo único que tiene absolutamente prohibido es abandonar el barco.

Por su forma de hablar, podía verse que aquel hombre sentía aprecio por el Dr. Ivinovich.

—Es un buen hombre —continuó, como si tratase de excusarlo—, pero todos estos sabios están un poco locos, ¿no creen?

Luego, temiendo quizá haber hablado de más, llamó apresuradamente a la puerta del camarote y se retiró.

Una voz distraída respondió desde el interior.

—¿Quién?

Tío Argus sonrió al reconocer la voz de su primo, al que no había visto desde hacía nueve años. Por lo visto, Pedrúsculo permanecía completamente ajeno a los últimos acontecimientos. Lila, demasiado nerviosa para contestar, le hizo un gesto a Argus pidiéndole ayuda.

–Disculpe, Dr. Ivinovich –dijo él, sin querer desvelar la sorpresa y acercándose a la puerta para que su voz se oyese más claramente–, si no es molestia, querríamos hablar un momento con usted.

Al no haber respuesta, después de un momento de indecisión, el inventor golpeó de nuevo la puerta con los nudillos.

–¿Profesor?

–Pasen, pasen –se escuchó esta vez del otro lado, dando la impresión de que quien hablaba estaba pendiente de otro asunto. Tío Argus giró con prudencia el pomo y abrió.

Difícilmente hubiesen podido reconocer aquella habitación como un camarote, y si no hubiesen visto el laboratorio del Dr. Ivinovich en el Gabinete, es probable que se hubiesen alarmado un poco. Pero aquello era sencillamente una copia de su anterior lugar de trabajo, una copia más reducida y, aunque pareciera imposible, un poco más desordenada. Con algo de esfuerzo podía intuirse que la litera superior era la cama del doctor, dado que la inferior estaba cubierta de papeles, probetas y, sobre todo, acuarios. En las estanterías se acumulaban los quemadores, instrumentos de laboratorio, muestras de plantas, rocas volcánicas y libros. Del techo colgaban algas secas y corales, y en el marco de la ventana, clavados con alfileres, una maraña de esquemas y dibujos de lo más variados.

Pedrúsculo no se había vuelto aún hacia ellos. De espaldas, sentado en una diminuta mesa frente a la ventana, desde la que se veía una franja de vegetación, parecía haberlos olvidado de nuevo, inmerso como estaba en alguna delicada labor.

–Pedrúsculo... –probó a decir suavemente tío Argus con la esperanza de llamar su atención sin sobresaltarle.

–¿Sí? ¿Se puede saber qué...? –comenzó a decir el profesor mientras se giraba, algo impaciente. Sus invitados retrocedieron un paso, sobresaltados por su aspecto, pues la mitad de su cara estaba cubierta por una máscara de cristal que duplicaba el tamaño de sus ojos. También él se sorprendió al descubrir en su camarote a dos personas que le parecieron completamente desconocidas, de modo que durante unos segundos se impuso un silencio desconcertante–. ¿Pero qué...? –dijo finalmente el doctor, mientras se quitaba con cierto esfuerzo la máscara de vidrio. Entonces pudieron ver su rostro, delgado y menudo, con una estrecha nariz y los ojos castaños de unas dimensiones ahora perfectamente normales, enmarcados por una sonrosada línea ovalada que la máscara había dejado sobre la piel. Sonriendo, tío Argus dio otro paso hacia delante y le tendió la mano.

–Pues en realidad no has cambiado tanto, primo.

–¿Que no he...? ¿Argus? ¿Eres tú?

El profesor olvidó la mano tendida y dio un gran abrazo.

–¡Argus Sacher! ¡Esto es del todo inesperado! –le dijo, con la cara iluminada y sin salir de su asombro–. ¿Cuánto hace que nos vimos por última vez? Yo diría que desde que nació...

El profesor dejó a medias la frase porque su mirada había recaído ahora sobre Lila.

–Yo a ti también te conozco de algo –le dijo como si alguien hubiese tratado de negarlo.

—Es Lila, Pedrúsculo, tu sobrina —dijo tío Argus qué-
riendo ayudar a la muchacha, que parecía incapaz de
emitir sonido alguno.

—¿Y qué diablos es eso que lleva en los pies? —respondió entonces el profesor, dándole un giro algo desconcertante a la conversación. Este comentario, sin embargo,
tuvo la virtud de hacer que Lila estallase en una risa nerviosa. Eran tantas las veces que le habían hecho esa pregunta que resultaba mucho más sencillo comenzar por
ahí que por cualquier otro sitio.

—Son unas zapatillas de equilibrista —respondió con
soltura—. La suela es de ante, tan fuerte que resiste el
contacto con el acero, pero tan suave que puedo sentir
la cuerda bajo mis pies. Sobre el barco no las necesito,
pero no me parecía correcto venir descalza. Estaba viajando con el Circo del Remoto Tiempo Pasado cuando
Marga la Bala dijo...

Tío Argus se retiró sin hacer ruido mientras Lila, balanceándose suavemente sobre sus zapatillas para mostrarle a su tío segundo la gran flexibilidad de las mismas,
continuaba explicando todo cuanto había sucedido desde
entonces y aun antes. El profesor, muy interesado en el
relato, había vuelto a sentarse y escuchaba en silencio,
deteniéndose, ahora sí, en observar a su intrépida sobrina
más que en los curiosos zapatos que calzaba.

15

EL DR. PEDRÚSCULO IVINOVICH

ENTRETANTO, en el camarote de oficiales todo estaba dispuesto para un almuerzo que debía servir también como desayuno a los recién llegados. Alrededor de una mesa al menos dos veces más grande que la del *Neva*, se encontraban sentados no solo el capitán del *Varsovia* y sus principales oficiales, sino todos los científicos que componían la expedición. También estaban allí Leonora, Fathid y Singajik. Piet y el capitán Hans ocupaban puestos preferentes junto a Ivor Guttrosky.

–Yo no esperaría a Lila –dijo tío Argus al entrar en el amplio camarote–. Ella y Pedrúsculo tienen mucho de que hablar.

Mientras se sentaba en el lugar que le habían reservado, admiró los manjares que llenaban la mesa. En las grandes fuentes descubrió verduras y frutas que no eran, ni de lejos, propias de aquella zona. Aunque, claro, eso se debía probablemente a que en el interior del cráter la temperatura era excepcionalmente cálida. Parecía una locura, pensó tío Argus, estar en mangas de camisa, teniendo en cuenta que apenas un día antes tiritaban bajo gruesos abrigos. De eso precisamente estaban hablando en aquel momento.

–Hemos calculado que el volcán no ha entrado en erupción desde hace más de doscientos años, pero no está totalmente apagado –explicaba el profesor Kolkya, laureado geólogo–. Todo indica que a ciertos niveles aún hay actividad volcánica, lo que hace que el agua del lago tenga una temperatura considerablemente superior a la del mar de Ojotsk. De hecho, sin los aportes continuos de agua exterior, mucho más fría, la temperatura aquí dentro sería insoportable.

–¡Un equilibrio extraordinario que ha dado lugar a un clima inigualable! –intervino el profesor Humus, el botánico de la expedición–. ¡Unas condiciones casi tropicales en estas latitudes! ¡Y con una abundancia de flora excepcional!

Así continuaron explicando unos y otros las características de aquel privilegiado oasis. Pese a la situación, sin duda difícil, en la que se encontraba la expedición, ninguno de ellos podía ocultar su entusiasmo por haber vivido aquellos dos años inmersos en una especie de enorme laboratorio natural. Probablemente por ello, cuando salió de nuevo el tema del Dr. Ivinovich y las circunstancias que le habían llevado a perpetrar su traición, los gestos del equipo científico fueron poco menos que amistosos, y probablemente lo hubiesen sido mucho más de no encontrarse en presencia de Ivor Guttrovsky, quien, de acuerdo a su estricto sentido del deber, no admitía matices en el juicio que le merecía el comportamiento del profesor.

Los hechos que incriminaban al Dr. Ivinovich fueron relatados brevemente por sus colegas científicos en el curso de aquella comida.

Tal y como informaba la última carta que Ivor Guttrovsky había enviado a San Petersburgo, el *Varsovia* se encontraba en Ojotsk dos veranos atrás. El tiempo había sido espléndido hasta ese momento, pero comenzaba a crecer la inquietud entre los miembros de la tripulación, pues resultaba evidente para todos que no convenía afrontar el otoño en aquellas aguas. Sin embargo, allí estaban, perdiendo un tiempo precioso por culpa de Pedrúsculo Ivinovich, quien insistía en que sus investigaciones requerían no solo que permaneciesen en esas aguas hasta el equinoccio de otoño, sino que continuasen la navegación hacia el noroeste. Y todo ello a pesar de que el desinterés del profesor por las costumbres migratorias de los leones marinos era, a esas alturas del viaje, un hecho patente.

Cierto es que Ivinovich solicitaba cada mañana que algún marinero le llevase en un bote hacia la zona de costa donde habitaban aquellas colonias de mamíferos. ¿Pero acaso les concedía una mirada? ¿Atendía tal vez a sus graves mugidos o saltaba en alguna ocasión del bote, deseoso de ver de cerca sus lugares de apareamiento y cría? No, nada más lejos de sus costumbres. Muy al contrario, agradablemente mecido por el balanceo de la embarcación y sin importarle el frío ni los golpes de mar, se dedicaba a leer sus apuntes y a anotar sobre ellos nuevos garabatos. Tan solo de vez en cuando variaba su actividad, e inclinándose sobre la borda recogía una muestra de agua, operación que había ido repitiendo invariablemente a lo largo de todo el viaje desde el mismo momento en que dejaron San Petersburgo.

Sí, ¡agua!, explicaron los investigadores sentados a la mesa, tan excitados que se interrumpían los unos a los otros, como un grupo de alumnos alborotados. El doctor seguía investigando, sin duda alguna, acerca de las teorías del profesor Hurzof, y vivía obsesionado con la existencia de aquellos caracoles invisibles, los *Caracolius cristalinus*. Su camarote había sido invadido de tal modo por acuarios, donde al parecer mantenía y estudiaba a esos microscópicos seres, que su compañero, el Dr. Humus, allí presente, había tenido que mudarse ante la imposibilidad de encontrar un lugar donde dormir.

–Hubiese sido más cómodo que estudiase realmente a los leones marinos, ¡incluso aunque los hubiese subido a bordo! –explicó el Dr. Kolkya, entre las risitas nerviosas de sus compañeros.

Estos, aunque celebraron esa vieja broma, no pudieron evitar lanzar rápidas miradas hacia el capitán, que no había intervenido en la conversación desde que comenzase el relato de los incidentes relacionados con Ivinovich.

–A medida que navegábamos hacia el noroeste, tal y como él había solicitado, el profesor se mostraba cada día más inquieto. Una mañana, solo un día antes del equinoccio –continuó Kolkya, muy ufano al ver que con su broma había ganado el privilegio de seguir con la historia–, pidió a dos marineros que llevasen el bote en dirección a los acantilados. Ellos no pusieron pegas en un primer momento, pero una vez allí notaron fuertes corrientes y, pese a los ruegos del profesor, viraron hacia el *Varsovia*. Pedrúsculo llegó al barco hecho un manojo de nervios. Vociferaba y pedía voluntarios que le llevasen a aquella zona rocosa. Lo recuerdo bien porque intentó convencerme de que allí encontraría material geológico inmejorable, cosa que yo dudaba seriamente. Por último, viendo que nadie le secundaba, acudió al capitán. ¿No es así, capitán? –dijo el geólogo, buscando el beneplácito del comandante para continuar con esa parte de la historia que tan directamente le atañía.

Uno hubiese dicho que, llegado ese punto, comenzaba a arrepentirse de haber tomado la voz cantante sin sopesar los delicados asuntos que le tocaría relatar. Ivor Guttrosky se limitó a entornar un poco los ojos y a asentir tan levemente que era difícil asegurar que realmente hubiese dado su visto bueno. De todos modos, y tras un ligero titubeo, el profesor continuó su relato, si bien con un tono de voz más apagado y con mucho menos convencimiento.

–Ivinovich pidió repetidas veces al capitán que nos acercásemos de nuevo, esta vez con el barco, a aquella zona. El capitán se negó alegando que, por lo que él había visto, no había por allí rastro alguno de leones marinos, y, lo que es más, anunció que había tomado la decisión de abandonar aquellas aguas de inmediato. Esto originó una discusión... digamos... no demasiado amistosa. Parecía que no habría manera de hacer entrar en razón a Ivinovich. Por eso el capitán... el capitán no tuvo más remedio que ordenar a dos miembros de la tripulación que llevasen al profesor a su camarote, advirtiéndole que le acusaría de amotinamiento si persistía en su actitud. Entonces, el profesor Ivinovich –las palabras del Dr. Kolkya quedaron reducidas a un hilo de voz– dijo que en esos acantilados se encontraba la respuesta a la desaparición del primer *Varsovia*.

El profesor Humus intervino impulsivamente:

–¡Nosotros ni siquiera sabíamos que el primer *Varsovia* hubiese estado en estas aguas! –tras lo cual aclaró en un tono algo más bajo–: Aunque el capitán sí lo sabía, por supuesto –finalmente, se quedó bruscamente callado. Pero era tarde, todas las miradas se habían vuelto hacia él, incluida la no poco aliviada del profesor Kolkya, de modo que, consciente de su torpeza, el Dr. Humus tragó saliva y aceptó ser él quien continuase con la historia–: A la mañana siguiente, el capitán comunicó al profesor Ivinovich que nos acercaríamos a los acantilados, pero no más de lo que lo había hecho el bote el día anterior, y que después partiríamos de regreso hacia el golfo de Bengala, donde el doctor Livio había solicitado hacer una visita al Templo de los Pájaros, ¿no es así?

El doctor Livio, él mismo con aspecto de pajarillo, asintió con aire resignado.

–El profesor Ivinovich accedió y pareció conformarse –continuó entretanto el Dr. Humus–, pero cuando nos acercamos a los acantilados y el capitán ordenó realizar las maniobras necesarias para evitar las poderosas corrientes, oímos un fuerte golpe y vimos que Ivinovich se había montado en el bote de remos y lo había dejado caer sobre el mar. Por supuesto, él solo no fue capaz de hacer bajar el bote con la suficiente calma, y desde esa altura el golpe fue tan tremendo que la nave se quebró, dejando al profesor a merced de las olas. Nos apresuramos a lanzar un cabo para rescatarle, pero la corriente lo llevaba lejos de nosotros a una velocidad terrible. El capitán tuvo que maniobrar de nuevo, y para cuando logramos rescatarlo nos habíamos acercado al acantilado mucho más de lo previsto. Entonces fue cuando vimos la gruta, y una bandada de mariposas, tantas como nunca hubiésemos soñado, entrando en ella. Pedrúsculo, al ver esto, pareció perder el poco sentido común que le quedaba y, envuelto aún en mantas y temblando de los pies a la cabeza, insistió como un loco en dirigir el barco hacia allí o en que le dejásemos volver a intentarlo con el otro bote. Pero el capitán no quería ni oír hablar de eso. Su única intención era sacar el *Varsovia* de esa zona. En eso estaba cuando el profesor Ivinovich se nos escapó y, con el trozo de remo que aún tenía entre sus manos, se lanzó contra el capitán y lo golpeó en la cabeza, dejándolo sin conocimiento.

Leonora ahogó una exclamación y Hans Guttrosky frunció más que nunca sus espesas cejas. Realmente no había pensado que el profesor hubiese llegado tan lejos.

–Cuando el revuelo consiguiente cesó y conseguimos reanimarlo –continuó el Dr. Ilumus, aliviado de haber terminado ya con aquel delicado episodio–, no había nada que hacer. En esos minutos de desorden, el barco fue atrapado por la corriente, que lo llevó directamente hacia la boca de la cueva. Y el resto ya lo saben.

No era del todo cierto que el resto ya lo conociesen, pensó Hans, pero en cualquier caso sí se habían aclarado algunos puntos. Miró a su hermano. Como él mismo, Ivor se había visto dominado por la curiosidad y el deseo de desvelar el misterio familiar. Conociéndole, no tenía duda de que era el recuerdo de esa debilidad suya, más aún que la humillación de haber sido golpeado por un profesor fuera de sí, lo que le mantenía en su mutismo.

Sus reflexiones se vieron interrumpidas por tío Argus.

–¿Y qué sabemos del primer *Varsovia*? ¿Estuvo realmente aquí?

Por primera vez, Ivor Guttrosky levantó la mirada. Todos los demás callaron, y uno de los marineros que ejercían de camareros se santiguó al oír el nombre del viejo barco.

El Zurdo sonrió con amargura y, señalando los cuencos rebosantes, dijo:

–¿Acaso no lo ven? ¿Cómo creen que llegaron hasta aquí estos frutales? ¿Y los pájaros y las flores? Un inmenso jardín con especies europeas, africanas, asiáticas...

En silencio, los tripulantes del *Neva* miraron a través de las ventanas, con nuevos ojos, aquel esplendor.

–Sí –dijo Ivor con voz queda–, el primer *Varsovia* también llegó aquí y... mejor que lo sepan cuanto antes: nunca logró salir.

–Pero no hemos visto rastro de ningún otro barco –objetó su hermano–. ¿Cómo puedes estar tan seguro?

–Lo estoy –dijo él sombríamente–. Pero dejemos eso para más tarde. Ahora, caballeros...

Poniéndose en pie, el capitán del *Varsovia* alzó solemnemente la copa. Los demás le imitaron a la espera de sus palabras.

–Por la aventura –dijo Ivor.

–¡Por la aventura! –repitieron todos mientras tendían hacia el centro sus copas.

El capitán Hans miró a su hermano, conmovido. Aquel era el brindis que solía hacer su padre cuando ambos eran unos muchachos a sus órdenes. Quizá era el modo que tenía Ivor de hacerle saber que, pese a todo, se alegraba de que fuese el *Neva* y no un buque imperial el que estuviese allí.

Unas horas después, Lila se encontró a tío Argus dormitando en la sala vacía. Sobre la mesa solo había quedado un plato, tapado con una campana de plata, junto a un juego de vaso y cubiertos. La muchacha se sentó tratando de no despertarle. No lo consiguió. Sonriendo, su tío entreabrió un ojo.

–¿Cómo ha ido? –le preguntó.

–Bien –dijo ella con buen ánimo, aunque tras dejar cuidadosamente a un lado la campana que cubría su plato, se quedó pensativa un instante–. Pero yo diría que ha pensado demasiado en esos caracoles, ¿sabes? Es lo que decía Marga la Bala, que si no sabes hasta dónde perseguir tus deseos, estos pueden terminar persiguiéndote a ti.

Tío Argus asintió, sorprendido una vez más al comprobar cuánto había crecido Lila en aquellos últimos meses. Luego cerró de nuevo los ojos y se dispuso a continuar con su siesta.

16

La Jaula de Oro

Cuando despertó, tras su merecido descanso, tío Argus comprobó que no tardaría en oscurecer. El *Varsovia* estaba prácticamente desierto y solo encontró un par de marineros haciendo la guardia en cubierta.

Incluso a aquella hora la temperatura continuaba siendo cálida en el interior del cráter. Respiró el aire, cargado de olores, y se acercó a la baranda para tratar de divisar desde allí si sus amigos habían bajado a tierra firme. Descubrió entonces, perplejo, que el paisaje había cambiado. El nivel del agua había descendido bruscamente y la playa, que antes no era más que una estrecha cinta oscura a los pies de la vegetación, había ganado terreno hasta alcanzar al *Varsovia*, dejando la nave suavemente escorada sobre la arena. Y, lo que era aún más curioso, la arena que había quedado al descubierto era tan blanca que resplandecía suavemente bajo aquella luz crepuscular.

Ahí estaba, observando estos hechos sin alcanzar a encontrarles explicación, cuando uno de los marineros que permanecían de guardia se acercó para pedirle, tímidamente, noticias de Rusia. En realidad hacía ya seis meses que habían dejado San Petersburgo, le explicó tío Argus algo apurado. Todas las noticias que pudiera darle serían ya antiguas. Pero viendo que eso poco importaba al joven, que deseaba sobre todo hablar de su país, se esforzó en recordar algo que pudiese contarle y terminó relatándole la anécdota de la condesa del pastel, adornándola con tal lujo de detalles que cualquiera hubiese dicho que él mismo se encontraba junto a la dama en cuestión cuando las joyas de caramelo comenzaron a deshacerse al calor de las velas. El marinero escuchó la historia sin perder palabra y, al concluir, sonrió ampliamente y agradeció a tío Argus su relato. Luego comenzaron a conversar sobre otros asuntos y el inventor, señalando la playa, le preguntó acerca del cambio que se había operado.

–Se trata de la marea, señor –respondió el marinero–. Es especialmente intensa algunas noches, y aún más durante el cambio de estación. El nivel del agua sube tanto que el primer año se llevó la cabaña que habíamos levantado en la playa y buena parte de las herramientas del profesor Livio. Desde entonces preferimos mantener las cosas dentro del barco.

–Estaba pensando en cómo se podría salir del cráter –dijo tío Argus poco después eligiendo bien sus palabras, pues comprendía que era un tema espinoso–. Imagino que es imposible hacerlo por la gruta, así que me preguntaba si no cabría la posibilidad de escalar la garganta –concluyó señalando las oscuras y escarpadas paredes.

El marinero miró también hacia arriba y, chasqueando la lengua, negó con la cabeza.

–Ascender por el cráter es muy peligroso –dijo–. Varios hombres se han declarado dispuestos a intentarlo, pero el capitán nunca les ha dado permiso. Por lo que sabemos, no hay ninguna ruta medianamente practicable. Es roca viva y habría que escalarla a las bravas, eso sin contar con los frecuentes desprendimientos. No creo que sea nada fácil. Además, no sabemos con qué nos encontraríamos allí arriba. Es probable que la cima esté cubierta de nieves perpetuas y que no haya ningún tipo de asentamiento, ni siquiera indígena, en esta isla. Así que sería difícil conseguir una embarcación capaz de hacer frente a las condiciones del mar. Por otra parte...

Llegado este punto, el marinero dudó, pero tío Argus adivinó su pensamiento y concluyó la frase:

–... habría que dejar el fruto de estos años de trabajo aquí, y los profesores no parecen dispuestos a ello.

El marinero asintió. Ambos volvieron a quedarse en silencio, cada uno perdido en sus pensamientos. Aunque la oscuridad crecía por momentos ocultando la belleza del lugar, el perfume de algunas flores parecía ganar intensidad. Realmente, no era fácil plantearse arriesgar la vida para escapar de aquel paraíso.

–¿Cómo es este lugar en invierno? –quiso saber tío Argus.

–Bueno, llueve más, sin duda, pero no llega ni un copo de nieve hasta el lago, ni un copo, se lo aseguro. Y nunca deja de hacer calor. En pleno enero puedes bañarte en estas aguas con total tranquilidad.

Continuaron conversando durante un rato hasta que la llegada de un bote procedente del *Neva* los interrumpió. Se trataba de Hans Guttrosky. Parecía de excelente humor, y tan impaciente por reunirse con su hermano que apenas se detuvo cuando Argus le preguntó por Lila y los demás.

–Les di permiso para explorar la zona –dijo el capitán señalando con un gesto amplio la orilla, y sin más se encaminó hasta el puente de mando, donde tío Argus pudo distinguir con dificultad la silueta de Ivor el Zurdo.

Aunque Argus estaba deseando hablar con Hans acerca de las mareas, no había sido invitado a aquella reunión, así que, volviéndose de nuevo hacia la playa, descubrió un par de antorchas que salían en ese momento de la espesura. Hasta el barco llegó, asimismo, el sonido de unas voces familiares. Se trataba de Lila, de Piet y de otros dos hombres, probablemente el Dr. Humus y el profesor Livio. No se acercaron al *Varsovia* sino que, tras caminar durante un trecho por la playa, volvieron a internarse en la vegetación.

–Apuesto a que les van a enseñar la Jaula de Oro –dijo el marinero–. Y no creo que eso le guste ni pizca al capitán.

–¿La Jaula de Oro? ¿Qué es? –dijo tío Argus con la mirada fija en el lugar donde habían desaparecido las luces.

–Venga conmigo, yo mismo se lo enseñaré –respondió el joven–. Mi guardia está a punto de terminar.

–Pero acaba de decir que el capitán...

–Sí, señor, tiene razón, pero no hay una orden concreta que nos lo prohíba –dijo él, poniéndose firme y tratando de no parecer irresponsable. Después, sonriendo, añadió–: ¡Si fuera por el Zurdo, le aseguro que no daríamos un paso fuera de esta nave! Creo que en realidad no le gusta estar en tierra firme. ¡Venga, merece la pena verla!

Tío Argus accedió. Ya en la playa se les unieron Fathid, Singajik y Leonora, que habían estado recogiendo fruta. Entrar en la zona de vegetación fue un cambio maravilloso para tío Argus después de aquellas últimas semanas de mar y rocas peladas. Bajo la luz de las antorchas, las grandes hojas brillaban y proyectaban largas sombras. También oyeron a algunos animalillos huir asustados. Leonora no tardó en colocarse una fragante flor en el pelo, y Singajik identificó un par de especies interesantes para el armarito de medicinas.

–Nunca vi nada parecido –dijo apretando entre sus dedos la hoja de una de ellas para extraer su esencia–. Este lugar es un verdadero jardín botánico.

El camino había comenzado a subir, señal de que no tardarían en dejar atrás la franja de árboles. Efectivamente, poco después la vegetación se hizo más baja, compuesta por arbustos y helechos, y por fin la roca desnuda del cráter se elevó ante ellos. En aquel lugar había una pequeña cueva natural, no demasiado profunda por lo que podían ver, pero bien protegida. La cálida luz en su interior les indicó que Lila y Piet, junto con sus dos acompañantes, estaban ya dentro, aunque no se oía nada. Cuando entraron, comprendieron por qué, pues también ellos se quedaron mudos. Las paredes de la cueva, del suelo al techo, estaban cubiertas, literalmente, de oro. Todo tipo de adornos, figurillas y volutas se entrelazaban hasta unirse en lo alto, como un encaje dorado a través del cual podían ver la oscura roca.

–«Un manto de oro de proa a popa» –susurró Singajik citando las leyendas sobre el primer *Varsovia*.

–Lo encontramos en el lago, entre las rocas cercanas a la grieta –dijo el marino que había guiado a tío Argus y a los demás hasta allí.

–Entonces, es verdad que nunca lograron salir –dijo Lila, sobrecogida.

El marinero meneó la cabeza, dubitativo.

–Bueno, eso dice el capitán. Pero en realidad no hemos encontrado otros restos del barco, ni tampoco de la tripulación. Ni tumbas ni nada. Así que, ¿quién sabe?, quizá se desprendieron del oro para aligerar la nave.

Pese a estas últimas palabras de ánimo, recorrieron el camino de vuelta sin hablar apenas, como si todos necesitasen un tiempo para reflexionar sobre lo que habían visto.

Mientras tanto, en el *Varsovia* estaba teniendo lugar una tensa reunión entre los dos hermanos Guttrosky. Hans apenas había podido contenerse para esperar a la hora convenida. En toda la tarde no había logrado quitarse de la cabeza el asunto de la corriente. Viendo la fuerza con la que los había empujado por el canal hasta llevarlos al interior del cráter, había pensado que sería imposible luchar contra ella para hacer el camino inverso, y que eso explicaba que el *Varsovia* hubiese quedado atrapado. Sin embargo, al despertar en su camarote tras un breve descanso, se había encontrado un paisaje transformado. Al igual que tío Argus, también él había entendido que el retroceso del lago significaba que en algún momento había dejado de entrar agua en el lago para salir de él.

–Así es –le confirmó su hermano, de mal humor–. En realidad, durante todo el año el sentido de la corriente es más fuerte hacia el exterior. ¿Te das cuenta? Solo dos veces al año, durante el equinoccio de primavera y el de otoño, la fuerza de la marea y el cambio de la temperatura de agua se aúnan para invertir la corriente. Solo en esas dos fechas es posible entrar en este maldito cráter, y sin embargo, ¡aquí estamos tú y yo!

Hans le miraba desconcertado.

–Pero entonces, si el resto del año la corriente es favorable para salir, ¿qué hacemos aún aquí?

Ivor apretó los puños.

–El problema es el nivel, el nivel... –masculló, como si esas palabras resumiesen aquellos dos años de impotente encierro.

–Explícate –insistió su hermano, aun temiendo que Ivor estallase.

–Tanto el *Varsovia* como el *Neva* entraron por la gruta aprovechando la marea alta del equinoccio, ¿no es cierto? En ese momento, la cantidad de agua que hay en el canal alcanza su altura máxima, pero cuando la marea se retira y la corriente es de nuevo favorable, el caudal baja rápidamente y es insuficiente para el calado de una nave como el *Varsovia*. Es decir, cuando la corriente nos permite por fin salir, no hay suficiente profundidad. Eso es todo.

–Insuficiente –repitió Hans.

–Eso es.

Durante un momento, los dos se quedaron callados. Ivor miró hacia la playa a oscuras y vio varias antorchas que entraban en la vegetación. Supo de inmediato hacia dónde se dirigían e imaginó que Piet estaría entre los excursionistas. Bien, quizá era mejor así. Su hijo debía ir aprendiendo que no todas las aventuras tienen un final feliz, que las cosas podían no terminar bien incluso ahora que estaban juntos. La ilimitada confianza que había leído en sus ojos aquel mediodía le atormentaba. No tenía las respuestas adecuadas para esa confianza, no sabía cómo sacarlos a todos de allí, aunque tal vez....

–He pensado –dijo lentamente– que el *Neva* tiene un calado mucho menor, así que quizá con él...

–¿El *Neva*? –dijo Hans–. ¡Sí, es posible! ¿Pero cómo puedes estar tan seguro de que el *Varsovia* no podría remontarlo? ¿Lo habéis intentado? ¿Habéis sondeado el canal, al menos?

–¿Dónde está el primer *Varsovia*? –respondió Ivor tomando con fuerza el pasamanos, queriendo contener sus emociones–. ¿No querías saberlo?

Hans no respondió. Ivor continuó hablando con la mirada fija en la playa, mirando sin ver un segundo grupo de antorchas que seguían a las anteriores.

–El primer otoño, en cuanto comprobamos que la corriente volvía a ser favorable, lo preparamos todo para partir. Ya estábamos frente a la grieta cuando alguien lo vio... Un brillo en el fondo, entre las rocas –Ivor hablaba pausadamente, como si volviese a revivirlo todo en ese instante–. ¿Recuerdas las historias que nos contaban sobre el *Varsovia*, cómo habían cubierto de oro el castillo de proa? Pues bien, allí estaba gran parte de aquel oro. Supe el resto de inmediato: que el barco de nuestro abuelo se encontraba en el interior de la gruta, en el fondo del canal, y que las fuertes mareas habían arrancado a pedazos los apliques de oro, arrastrándolos hacia el lago. Y si el primer *Varsovia* está en el fondo del canal es por algo. La profundidad no es suficiente. No para un barco como el mío.

Hans asintió, convencido.

–Pero quizá el *Neva*...

–Sí –dijo Ivor–, eso es. Quizá el *Neva*.

Ambos se volvieron hacia la nave, solo una sombra en la noche ya cerrada, ignorante de las grandes esperanzas que en ese momento se depositaban en él.

17
Caracolius cristalinus

Cuatro días después de la llegada del *Neva*, un grupo de hombres compuesto por marineros de ambas tripulaciones se presentó en el camarote de oficiales del *Varsovia* con la intención de solicitar permiso para organizar una expedición que tratase de ascender por las escarpadas paredes del volcán.

–Hay que intentarlo ahora, antes de que avance más el otoño –expuso uno de ellos, mientras los demás le respaldaban–. La mayoría de nosotros llevamos dos años aquí, y casi tres desde que salimos de San Petersburgo, capitán. Nuestras familias nos aguardan, no queremos esperar más. Si allá arriba encontramos una ruta, es posible que lleguemos a algún poblado indígena, e incluso, si tienen embarcaciones en condiciones, que podamos ir hasta el continente antes de que el mar se hiele, y desde allí emprender por tierra el camino a San Petersburgo.

–¡Pero no sabemos nada de esta isla! –insistió una vez más el Dr. Kolkya, que, con los demás científicos, asistía a la reunión–. Es muy probable que esté deshabitada, y en ese caso sería una temeridad tratar de hacer frente al invierno fuera del cráter.

–Y la ascensión es demasiado peligrosa –añadió el profesor Humus mirando con respetuoso temor hacia las rocas–. Nos resultaría imposible cargar con las muestras que hemos recolectado, las semillas, los insectos, los minerales...

El marinero que había hablado se volvió hacia él con una furia a duras penas contenida.

–¡En ese caso, quédense aquí! Los que queremos intentarlo hablaremos en vuestro favor ante el zar y haremos lo posible para que vengan a socorreros, pero no vamos a quedarnos en este cráter por un puñado de plantas y piedras.

Los hermanos Guttrosky los escucharon en silencio. Todos aquellos argumentos, al igual que los que barajaban la propuesta de escapar por el canal en una balsa de troncos, ya habían sido discutidos en multitud de ocasiones. Sin embargo, y pese a lo arriesgado de la aventura, ambos comprendían a aquellos hombres. ¿Quién sabe, pensaban, si ellos mismos no hubiesen intentado algo semejante de no ser los máximos responsables de sus barcos y de sus tripulaciones?

Trataron, en todo caso, de convencerlos para que esperasen un poco más, y les explicaron con detalle el plan que comenzaban a diseñar para escapar en el *Neva*, pero a ellos mismos les sonó incierto y casi tan aventurado como el que los marineros proponían. Finalmente, accedieron a dejarlos marchar.

La expedición, formada por nueve hombres, partió a la mañana siguiente, y durante los días posteriores los hermanos Guttrosky se dedicaron a escrutar con el catalejo la garganta del cráter, descubriendo de vez en cuando a los marineros en su lenta ascensión. Esta era ardua y los tramos impracticables los obligaban a desviarse continuamente. En alguna ocasión oyeron el rumor de rocas al desprenderse, momento en el cual los que estaban en la playa miraban hacia lo alto con el corazón encogido.

Al tercer día, todo quedó en silencio y, por más que miraron, ya no encontraron rastro de la expedición. Quizá habían llegado durante la noche a lo alto, se dijeron, y no volvieron a tener noticias.

Entretanto, los recién llegados comenzaban a adaptarse. La vida a bordo del *Neva* se había limitado al mínimo y pasaban la mayor parte del tiempo en tierra firme. Allí disfrutaban de aquel paraíso, entregados por completo al apacible ritmo de un verano inacabable. No era difícil encontrar algo que hacer para pasar las horas, desde nadar en el lago hasta recolectar frutas, descansar en el interior de la Jaula de Oro, siempre tan fresca, o pescar en las zonas rocosas. Sobre la arena se improvisaban juegos de pelota, y al atardecer encendían hogueras junto a la orilla y contaban historias hasta que los vencía el sueño.

Por si todo esto no fuese suficiente, Lila y Piet se habían convertido secretamente en ayudantes de Pedrúsculo Ivinovich. La primera misión que les encomendó, entusiasmado con el avance que esto implicaría para sus investigaciones, fue ir a la gruta, pues allí anidaban las polillas.

–Hace tiempo conseguí escaparme un par de veces –les explicó el primer día que se reunieron en su camarote–, pero la tercera vez el capitán me sorprendió. Después de eso, ordenó que cada noche me encerrasen con llave.

Fruto de aquellas dos escapadas furtivas eran unos pocos capullos de mariposa encontrados en las paredes del canal.

–Esta gruta es un lugar ideal de anidación. Una vez allí, ponen sus huevos y los recubren con los caracoles que han transportado en sus alas, formando alrededor de ellos una especie de capullo –les explicó, mostrándoles ahora uno de los ejemplares recogidos. Estaba roto y parecía un diminuto cascarón de ave, aunque extraordinariamente grueso, tanto que el espacio que quedaba en su interior era mínimo–. Deben segregar alguna sustancia que los endurece y los hace impermeables. Sospecho que, en su interior, los huevos de las polillas eclosionan y las larvas van comiendo durante semanas esa cáscara hecha de *Caracolius cristalinus*, poco a poco y uniformemente, de dentro hacia fuera. Si no tuviese tan pocos ejemplares, os invitaría a que los probaseis, realmente es un dulce crujiente y delicioso. Desgraciadamente, estos capullos no maduraron, así que lo que os cuento no son más que especulaciones. Pero si consiguiese unos cuantos más para poder estudiarlos... ¡En la gruta los hay a miles!

–Ir a la gruta es una expedición peligrosa –les advirtió algo más tarde–. El acceso es difícil, y dentro la cosa no mejora. Las rocas resbalan, y si caéis al canal no será agradable. Además, aquello está realmente oscuro. Y en fin, hay algo más... No estoy seguro de que los Guttrosky comprendan la importancia de esta visita.

Lila y Piet asintieron. No les había hecho falta escuchar la enumeración de los peligros para saber que los capitanes no mirarían con buenos ojos una incursión en aquella zona. Lo planearon todo, pues, con sigilo y, provistos de un frasco de luz que habían conseguido de Fathid durante el viaje, esperaron sobre el bote de remos el momento propicio para dirigirse hacia la gruta sin ser descubiertos.

Evitando cuidadosamente la zona donde la corriente era más fuerte y podían ser arrastrados, dejaron el bote a unos metros de la entrada, amarrada a una argolla de bronce que los marineros habían fijado allí en la época en la que acudían a recoger el oro sumergido. Con extremo cuidado, caminaron después sobre las rocas, bien pegados a la pared, hasta llegar a la grieta. Algo asustados, contemplaron la fuerza que tenía el agua en aquel punto. El profesor Ivinovich también les había explicado el motivo:

–El agua del fondo del lago, más caliente debido al calor del volcán, asciende a la superficie y busca salir a mar abierto. El espacio que deja tras ella es sustituido a su vez por una corriente fría que entra del exterior y que, debido a su temperatura, es más pesada y va por debajo de la caliente, en dirección contraria a la de esta. Solo durante los equinoccios de otoño y primavera, la gran cantidad de agua fría que entra en el lago por la fuerza de la marea supera la cantidad de agua caliente que sale, e invierte por unas horas el sentido de la corriente.

Lila y Piet escucharon estas explicaciones con atención, pues sabían que el plan para escapar a bordo del *Neva* dependía en buena medida de estos movimientos de agua.

Los capitanes habían anunciado que lo intentarían durante la luna llena más cercana al equinoccio de primavera, justo cuando la marea comenzase a retirarse, para aprovechar así esas horas de máximo caudal.

Pero para eso faltaban todavía varios meses. De momento aún era otoño y estaban allí, introduciéndose en la oscuridad de la grieta y tanteando con cuidado el camino para no resbalar.

Cuando la luz exterior comenzó a resultar insuficiente, Lila giró mínimamente el tapón del frasco. Se escapó de él una luz matinal, recogida unas horas antes, mientras esperaban sobre el bote a que la playa estuviese desierta para emprender su aventura. No sabían cuánto duraría el contenido del frasco, pero confiaban en que aguantase lo suficiente si mantenían esa suavísima intensidad.

Siguieron caminando hasta que a su alrededor las paredes comenzaron a aparecer cubiertas de aquellos capullos fríos y duros que el profesor les había mostrado en su camarote. Era fácil arrancarlos de la roca, y al tomarlos comprobaron que eran más pesados de lo que esperaban, como si se tratase de pequeños fósiles.

–¿Has hablado ya con tu tío? –preguntó Piet mientras trepaban.

–¿Con tío Argus?–dijo Lila, extrañada.

–No,¡con el profesor Ivinovich! –replicó el muchacho–. ¿Le has preguntado si puedes irte a vivir con él?

Lila, dejando de recoger capullos, tardó unos segundos en responder.

–No, aún no –reconoció al fin.

–¿Por qué? ¿Ya no quieres vivir en San Petersburgo?

–¡Sí! Pero... nunca parece un buen momento para preguntárselo –la voz de Lila sonaba insegura.

–Ya –admitió Piet, que tampoco le había planteado a su padre su deseo de viajar de ahora en adelante en su barco–. Además, ¡puede que al final todos terminemos viviendo aquí!

Piet había dicho esto en tono ligero, pero Lila, por un momento, pensó si no sería esa la mejor solución. Tendría un hogar y podría estar con sus dos tíos. Porque, aunque no quisiese decirlo en voz alta, la idea de volver a separarse de tío Argus hacía que se le encogiese el estómago. Pero ¿cómo iba a decirle a tío Argus que quería quedarse con él después de que la acompañase hasta el otro extremo del mundo?

Mientras llenaban las bolsas habían escalado un buen tramo por las paredes rocosas de la cueva. Fue al descender cuando Lila, distraída con sus pensamientos, resbaló. Por suerte, Piet, unos metros por debajo, la agarró antes de que cayese al canal, pero ninguno de los dos pudo evitar que tanto su bolsa como el frasco de luz se precipitasen hacia el agua, entre las rocas. Al chocar contra estas, el cristal se quebró y, por un momento, las oscuras profundidades del canal quedaron iluminadas por la poderosa luz.

Fue solo un instante, apenas unos segundos, pero lo que vieron bajo las aguas se les quedó grabado de tal modo que mucho tiempo después, cerrando los ojos, aún podían recordarlo con todo detalle.

–¡La sirena! –fue lo único que dijo Piet en medio de la oscuridad que siguió. Y Lila asintió, aunque su amigo no podía verla.

Caminaron a ciegas, muy lentamente, aferrados con fuerza a los salientes de la pared y con la imagen de aquella mujer dorada, con los brazos en el pecho y el cabello ondeando, acompañándolos. Tras ella habían distinguido también, nítidamente, la proa de un barco hundido.

Poco a poco la luz aumentó, y cuando salieron frente al lago respiraron hondo y se dirigieron apresuradamente hacia el bote. Una vez allí, descansaron durante unos minutos, sintiendo el débil sol sobre sus cuerpos.

–¿Crees que se ahogaron? –preguntó Lila finalmente.

–No lo sé... Pero eso explicaría que no haya tumbas... ni nada –opinó Piet, estremeciéndose.

Volvieron a quedarse en silencio, pensativos.

–Piet...

–¿Sí?

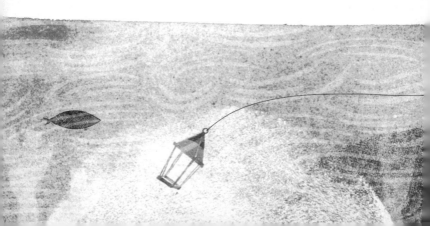

–¿Crees que si no logramos salir nunca del cráter seremos felices aquí?

Piet miraba hacia el círculo de cielo azul sobre sus cabezas. Respondió con firmeza, convenciéndose a sí mismo:

–Mi padre y mi tío lo conseguirán, conseguirán que salgamos.

Lila le miró de reojo. No sabía si Piet tenía razón, pero su confianza le resultó reconfortante.

18
PREPARATIVOS

DURANTE LOS SIGUIENTES DÍAS, Lila y Piet continuaron visitando la cueva a escondidas. Pronto comenzaron a dominar sus escondrijos y a moverse por ella con cierta seguridad. Provistos de un nuevo frasco, obtenido de Fathid no sin muchas súplicas, dedicaban parte del tiempo a pescar objetos del barco sumergido. El sistema era sencillo. El frasco de luz, tenuemente abierto y atado a una cuerda, era introducido en el agua gradualmente hasta quedar situado entre las rocas, en un lugar protegido de la fuerte corriente. Luego, utilizando el mismo sistema, sumergían un gancho convenientemente lastrado, con el cual trataban de alcanzar los objetos cuyas siluetas apenas entreveían. No eran cosas valiosas, solo fragmentos de vajilla, cubiertos oxidados o rastros de herrajes y aparejos que, por un motivo u otro, habían quedado a salvo de la corriente.

Mientras permanecían allí, hablaban en susurros sobre las posibilidades que tendría el *Neva* de cruzar el canal o sobre la suerte que habrían corrido los marineros que escalaron el cráter. Muy cerca de ellos, la sirena del *Varsovia*, apenas iluminada y tan cubierta de verdín que solo en algunos puntos brillaba su fondo de oro, parecía participar sinceramente de sus preocupaciones.

Pasaron casi dos semanas completas antes de que sus prolongadas ausencias terminasen por llamar la atención de los capitanes, los convocaran ante ellos y los obligasen a confesar. Aunque tuvieron buen cuidado de no mencionar el papel que había jugado el profesor Ivinovich en aquel asunto de la gruta, probablemente hubiesen recibido una monumental reprimenda de no ser porque su descripción del barco hundido despertó tal interés en los dos hermanos que les hizo olvidar cualquier otro asunto. Y es que conocer el lugar exacto donde el primer *Varsovia* había naufragado podía proporcionarles una información importantísima a la hora de valorar qué oportunidades tenía el *Neva*.

Guiados por Lila y Piet, se adentraron en la grieta y examinaron la zona del naufragio con meticulosa precisión. Los resultados confirmaron las suposiciones de Ivor.

–Definitivamente tenías razón, Hans –dijo el Zurdo amargamente cuando se vio que, efectivamente, su hermoso barco no podría pasar por allí–. «Demasiadas plumas para un animal marino» –dijo citando las palabras que su hermano había pronunciado años atrás ante los primeros planos del *Varsovia*.

Incluso para el *Neva*, y en el momento más favorable, el intento sería peligroso. No podían saber a qué velocidad descendería el nivel del agua cuando la marea se retirase y, por tanto, si el caudal necesario se mantendría el suficiente tiempo como para realizar el trayecto hasta el mar. Para colmo, tampoco tenían datos sobre lo que encontrarían más allá del punto hasta el que ahora podían acceder a pie.

En cualquier caso, la decisión estaba tomada y, pese a que aún faltaban varios meses, los preparativos dieron comienzo. En primer lugar, dado que el espacio en el *Neva* sería muy limitado, debían decidir qué llevarían y qué dejarían atrás. Cada profesor recibió la orden de seleccionar cuidadosamente el material que considerase prioritario, renunciando al resto, orden que los sumió durante semanas en un estado tal de indecisión y angustia que llegaba a resultar cómico. Pero no solo el equipaje de los profesores se iba a ver drásticamente reducido: la mayor parte de los objetos que se acumulaban en las bodegas del *Varsovia*, y que tenían como destino ampliar las colecciones del Gabinete, deberían quedarse atrás, por no hablar del oro rescatado del fondo del lago.

–¡Pero no podemos dejarlo aquí! –protestó encendidamente Piet, aunque, eso sí, cuando ni su padre ni su tío podían oírle–. Es un tesoro, ¡un tesoro! ¿Cuántas veces creéis que vamos a encontrar algo así? ¿Cómo vamos a dejarlo? ¡Imaginaos lo que sería regresar a San Petersburgo con él!

Singajik se encogió de hombros.

–Todo el oro del mundo no vale la vida de una tripulación.

Respuesta a la que Piet estuvo varios días poniendo objeciones. Sus protestas se vieron reforzadas por el inesperado apoyo que encontró en su padre, quien en más de una ocasión preguntó, sin humor, si acaso un cajón lleno de semillas satisfaría más al zar que el legendario oro del *Varsovia*.

Desde luego, no era fácil para el Zurdo aceptar que su barco y el tesoro que habían reunido tendrían que quedarse en el cráter, pero lo fue aún menos cuando tío Argus se presentó en el camarote de oficiales y, dejando una gran cantidad de papeles sobre la mesa octogonal, les mostró a los hermanos el proyecto en el que había estado trabajando.

–Es necesario, imprescindible diría yo –les dijo–, preparar al *Neva* para las condiciones adversas que previsiblemente encontraremos cuando salgamos de aquí.

Tío Argus se había convertido en un experto en náutica durante el viaje, y desde que los capitanes habían hecho público su plan para aprovechar el cambio de corrientes, había trabajado intensamente en los detalles técnicos del mismo. A él se debían las barras de nivel colocadas en puntos estratégicos del lago para controlar las mareas, o los termómetros que cada día se sumergían en el agua desde la borda del *Neva* para conocer los cambios de temperatura. Pero lo de ahora iba un poco más allá.

–Fuera, aún será invierno y el mar estará helado, al menos en algunas zonas, ¿no es así, señor? –dijo mirando a Hans.

–Así es, efectivamente –respondió este–. Aunque esperamos que la misma corriente de agua cálida que genera el volcán abra un paso, o al menos debilite lo suficiente el hielo para que podamos atravesarlo.

–Exactamente, capitán, pero ¿no sería conveniente que el *Neva* contase con un refuerzo especial? –dijo el inventor mientras extendía sobre la mesa algunos de los papeles que llevaba consigo.

En uno de ellos podía verse un meticuloso alzado de la estructura del *Neva*, a cuyo casco se le había añadido un extraño armazón.

–¿Quiere explicarnos qué es esto, Argus? –preguntó Hans, algo alarmado por el aspecto que ofrecía su barco, aunque fuese solo sobre el papel.

–¡Un rompehielos, señor! –informó él, muy satisfecho–. La idea es añadir al casco de la nave, al menos en determinados puntos, ¿lo ve?, aquí y aquí, y también aquí, una coraza capaz de protegerlo y una cuña alta en la quilla de proa que concentre la presión que ejercerá el peso del barco sobre las placas de hielo, de tal modo que se aproveche para romperlas. Algunos balleneros han probado artefactos parecidos con bastante éxito, según Singajik. No es un seguro total, pero será de ayuda –concluyó.

Ivor estudió los planos y luego, sin poder contener cierta ironía en su voz, objetó:

–Un diseño perfecto, Argus, aunque parece olvidar que no estamos precisamente en los astilleros de San Petersburgo. ¿De dónde piensa sacar usted el...? –la pregunta murió antes de concluir, pues en ese momento comprendió, como comprendieron todos, de dónde saldrían la madera, el hierro, los clavos y cuanto fuese necesario.

–Sí, capitán –dijo tío Argus con pesar–, tendremos que recurrir al *Varsovia*.

Ivor Guttrosky había palidecido intensamente, pero no emitió sonido alguno, ni siquiera hizo ningún gesto. Sencillamente se quedó allí, inmóvil, con la mirada clavada en los planos.

Tío Argus carraspeó y, tratando de romper la tensión, rebuscó en su carpeta y sacó otro fajo de hojas, aún más numerosas que las del primer proyecto.

–Sin embargo, señor –dijo con renovada animación–, he pensado en algo que quizá le levante el ánimo. Sé cómo podríamos salvar el *Varsovia*.

El Zurdo alzó bruscamente la cabeza y atravesó con la mirada al inventor.

–¿De qué está hablando? –dijo, poniendo un dedo acusador sobre los papeles y sin poder contener ya su cólera–. ¡Acaba de proponer desguazarlo!

–Sí, sí, tiene razón –respondió tío Argus sin perder la compostura–. Pero en ese proceso de desguace he pensado que podríamos llevar a cabo... ¿Ha visto usted alguna vez una de esas cabezas reducidas?

–¿Cabezas reducidas? ¿Está intentando burlarse de mí? Porque he de advertirle que será lo último que...

Hans puso su mano sobre el hombro de su hermano.

–Dudo mucho que quiera burlarse de ti, Ivor –dijo con voz templada–, y de momento sus propuestas, por dolorosas que puedan resultarnos, están siendo de gran utilidad, así que dejemos que termine de explicarse.

–Perdone, capitán –se disculpó Argus, alarmado por el efecto que sus palabras habían tenido en el cosaco–. Es que en el Real Gabinete, si me permite decirlo, vimos algunas de estas cabezas. Sé que no es el mejor ejemplo, pero ha sido su recuerdo el que me hizo darme cuenta de que quizá podríamos lograr algo semejante con el *Varsovia*.

–¡Reducir el *Varsovia*! –exclamó Fathid mirando a través de la ventana la imponente mole del barco sobre la arena.

–¡Exacto! Aunque, por supuesto, es un modo de hablar. Se trataría más bien de construir un barco menor a partir de sus elementos, nada comparable, me temo; ni siquiera podría navegar por sí solo en mar abierto, así que el *Neva* tendría más o menos que remolcarlo. Pero al menos ganaríamos algo de espacio –explicó tío Argus–. Porque en el *Neva* no va a caber todo, eso es seguro.

–¿Y cree que podríamos hacerlo? –preguntó Hans Guttrosky, retirando la mano del hombro de Ivor para inclinarse, muy interesado, sobre los papeles. El Zurdo, inmóvil, lanzó una rápida mirada a los nuevos planos, en los que su majestuoso barco quedaba reducido a una barquichuela. Se giró entonces contra la ventana y no volvió a intervenir hasta que, al concluir las explicaciones de tío Argus, su hermano le pidió su parecer.

–Y bien, ¿qué crees?

–No –dijo el Zurdo sin volverse y con una voz tan ronca que las siguientes palabras apenas se entendieron–. Jamás daré permiso para hacer algo así.

Su hermano le miró en silencio y, haciendo un gesto, indicó a los demás que abandonasen el camarote. Cuando el inventor fue a recoger sus planos, Hans negó con la cabeza. En unos minutos, los hermanos se quedaron solos.

–Sabes que lo que propone Argus tiene sentido –dijo Hans, tranquilo.

–No me importa si tiene sentido –respondió Ivor, aún sin volverse–. Es mi barco y no permitiré que lo desguacen.

–Pero así podremos transportar material valioso.

–¡Valioso! –replicó Ivor con infinito desprecio, girándose ahora hacia su hermano–. No hay en toda la isla nada capaz de pagar lo que vale la madera del *Varsovia*. A no ser, claro, que estés dispuesto a cargar con el oro. En ese caso...

Los dos hermanos se miraron, tan semejantes y tan distintos en ese momento, midiendo quizá cada uno las opciones que tenía.

–No, no nos llevaremos el oro –dijo finalmente Hans–. ¿No comprendes que algunos de los hallazgos que han realizado estos hombres no tienen precio? Debemos utilizar ese espacio extra para el material científico. ¡Esa era la misión de la expedición!

–Entonces no habrá espacio extra, capitán –dijo roncamente el Zurdo–. No dejaré que desmantelen el *Varsovia* sin un buen motivo. Se quedará aquí –añadió, volviéndose de nuevo hacia la ventana para mirar su barco–. Tendrá un fin honorable.

–¡Un fin honorable! ¿De qué estás hablando? –Hans sintió que comenzaba a perder los estribos. ¿Qué le había ocurrido a su hermano, aquel hombre sensato y leal junto al que había navegado durante años? Desde que le ofrecieron capitanear el *Varsovia*, parecía no haber hecho más que acumular orgullo. Repentinamente, tomó una decisión que le ayudó a hablar con renovada calma–. Bien, no podemos llevarnos el oro, pero puedo compensarte.

–¿Compensarme? ¿Cómo? –dijo Ivor mirándolo con desconfianza.

Hans desanudó la bolsa de cuero que llevaba colgada al cuello desde que salieron de San Petersburgo. Abriéndola, volcó su contenido sobre la mesa. Los cuatro rubíes de Mustafá brillaron más hermosos que nunca sobre los dibujos de tío Argus.

–Creo que es un precio más que honorable para un barco que nunca podrá volver a navegar.

Ivor no respondió, pero tomando uno de los botones, lo sostuvo con admiración bajo la luz que provenía de la ventana. Un ligero movimiento de cabeza fue suficiente para sellar el trato.

Y de pronto hubo mucho, muchísimo por hacer, si querían tenerlo todo listo para el equinoccio de primavera.

Las piezas más pequeñas del *Varsovia*, clavos, poleas y demás, de cuya recuperación y puesta a punto estaban encargados Piet y Lila, fueron guardadas en barricas, mientras que las piezas mayores se fueron disponiendo ordenadamente sobre la arena según fuesen a ser utilizadas para el rompehielos o para la nueva embarcación.

A medida que avanzaban los trabajos, el gran navío iba quedando reducido a un gigantesco esqueleto sobre la playa. Y así, inmersos en estas labores, el tiempo comenzó a pasar a gran velocidad y el otoño dio paso al invierno. Continuaba haciendo calor, ese calor que parecía provenir del suelo y del agua, pero la atmósfera estaba más fresca y húmeda, y el cielo se mantenía continuamente encapotado. La nieve, que en lo alto del cráter arreciaba, llegaba al lago convertida en una fina lluvia que hacía resplandecer más que nunca la franja de vegetación.

Entretanto, el Dr. Pedrúsculo Ivinovich, cuyo encierro se había visto suavizado gracias a la mediación de Hans y del resto de colegas del *Neva*, había encontrado un inestimable colaborador en el profesor Fathid.

Durante algún tiempo, el óptico había sido probablemente el único incapaz de disfrutar de las peculiares circunstancias en las que se encontraban. El motivo no era otro sino la limitada gama de luces de la que disfrutaban en el cráter, con lo que no tardó en pasarse los días suspirando por algún tipo de actividad sísmica que iluminase el cielo con sus expulsiones de lava, o tal vez alguna aurora boreal, algo, en su opinión, no del todo impensable en aquellas latitudes. Nada de esto ocurrió, y no logró encontrar en qué centrar sus energías hasta que el profesor Ivinovich le explicó sus dificultades para estudiar a los atunes, la tercera pieza clave de sus investigaciones. Debido a su torpeza en el arte del buceo, no solo había puesto seriamente en riesgo su vida cada vez que se había sumergido, sino que su torpe chapoteo espantaba irremediablemente a todo ser viviente en cien metros a la redonda.

Tras debatir este asunto con Argus, Fathid propuso confeccionar un periscopio invertido, esto es, un tubo a través del cual, gracias a un juego de espejos, el profesor pudiera, sin necesidad de tocar el agua, observar cuanto pasaba bajo ella. Para mejorar el camuflaje del artilugio, tío Argus colocó en su extremo inferior una talla de madera en forma de pez, por cuya gran boca abierta asomaba la lente. No era exactamente como estudiar las propiedades de la luz, pero ese trabajo en equipo fue suficiente para que Fathid se sintiese útil por primera vez desde que habían llegado allí.

En cuanto tuvo el periscopio, el profesor Ivinovich, a solas o acompañado ocasionalmente por Piet y Lila, comenzó a dedicar todas sus salidas a observar desde el bote de remos el comportamiento de los pequeños peces que comenzaban a infestar la laguna. Eran los alevines nacidos de aquellos huevos depositados por los grandes atunes a los que el *Neva* había seguido durante el equinoccio y que, tras desovar, habían abandonado el cráter en cuanto cambiaron las corrientes.

Comprobó así que, al igual que la playa, el fondo del lago estaba cubierto de una sustancia blanca que los atunes comían con fruición.

–Todo está conectado –les explicó a Lila y a Piet, ante un esquema circular dibujado sobre una de sus pizarras–: las polillas, los caracoles, los atunes... Ese poso blanco que cubre el fondo del lago son los restos de las mariposas que mueren tras poner sus huevos en la cueva. La corriente los arrastra desde el canal hasta el lago, y aquí sirven de alimento a los atunes mientras crecen. Pero son tantos que pronto se quedarán sin comida. Entonces será el momento de iniciar su migración, y también la nuestra.

19
MIGRACIONES

EL INVIERNO AVANZÓ. Las lluvias se acentuaron y, arriba, en el vértice del cráter, grandes trozos de hielo se deshelaban al contacto con el calor que ascendía desde el fondo, formando cascadas de aguas torrenciales que bajaban por las rocas llenando de rumores el lago.

Las varas dispuestas a principios del otoño para medir el nivel del lago comenzaron a señalar un aumento de su volumen, y era evidente para todos que el agua estaba cada día más fría.

Para entonces, el perfil del *Neva* había cambiado sustancialmente. Desde la playa podía verse cómo el rompehielos crecía día a día alrededor de su casco pese a los problemas que implicaba tener que realizar esta operación en el agua y no con el barco en dique seco, como hubiese sido lo apropiado.

En este sentido, los trabajos de reducción del *Varsovia*, como los denominaba tío Argus, resultaban más cómodos al realizarse sobre la playa. Una mañana, Hans encontró a su hermano mirando fijamente el cuerpo descompuesto del que había sido su barco.

–No es fácil perder un buen barco –fue lo único que pudo decirle, preguntándose cómo se sentiría él si aquel fuese el esqueleto del *Neva*.

Ivor no respondió: se limitó a hacer un gesto que bien podía ser de asentimiento. Pese a lo doloroso de la situación, reconoció Hans en silencio, su hermano había demostrado ser un hombre de palabra, dirigiendo desde el primer día las obras de desmantelamiento y construcción del nuevo navío con enorme dedicación.

Pero «navío» era quizá un término excesivo para aquella nave que estaba a mitad de camino entre un velero de paseo y una barca de remos. Aun así, cuando llegó el momento de botarlo, se le rindieron todos los honores, quizá porque era el vestigio de una magnífica nave y todos deseaban que en él se conservase parte de aquella grandeza. Los tripulantes del *Varsovia*, con su capitán a la cabeza y la tripulación del *Neva* como público, oficiaron una sencilla ceremonia en la cual el barco fue bautizado con el nombre de *Izhora*, un pequeño afluente del río Neva. Aquel mismo día comenzaron a cargarlo con buena parte del material científico que los profesores habían seleccionado.

Para entonces, el cambio de temperatura del agua que reflejaban los termómetros se había hecho aún más acusado. Por primera vez, Lila y Piet comenzaron a acortar sus baños, pues tras unos minutos salían tiritando y con los labios azulados por el frío. A través del periscopio comprobaban día a día que también los atunes percibían que se acercaba el momento de migrar, y de algún modo su inquietud pareció contagiárseles también a ellos, pues andaban ansiosos por la playa y entre la exuberante vegetación, acudiendo con frecuencia a la Jaula de Oro y explorando los mismos rincones del cráter que habían visitado cien veces con anterioridad, como si, conscientes de que la partida se acercaba, no quisieran dejar de exprimir hasta el más pequeño de los regalos que aquel lugar les había ofrecido durante los últimos meses.

Entretanto, el espacio disponible en el *Neva*, desde las bodegas hasta la cofa del palo mayor, había sido aprovechado al máximo para dar cabida a las dos tripulaciones, a las abundantes provisiones que necesitarían y a aquella parte del material con el cual los miembros del Gabinete podrían seguir trabajando durante el viaje de regreso. Por su parte, el *Izhora* se había revelado fundamental para poder transportar herbarios, muestras geológicas y otros hallazgos que, con suerte, pasarían a formar parte de las colecciones del Real Gabinete. Bajo el peso de su cargamento, protegido por fuertes lonas que no eran sino las antiguas velas del *Varsovia*, el *Izhora* se bamboleaba con gallardía junto al *Neva*, al cual permanecía unido por un puente de cuerda, apenas dos maromas entrelazadas, que permitiría, en caso de que fuese necesario, acceder al pequeño barco de carga en alta mar.

Finalmente llegó la fecha en la que, según el calendario, la luna estaría completamente llena. Su influencia sobre las mareas llegaba a su punto álgido, y el nivel del lago comenzó a aumentar aún más. Los hombres embarcaron. Poco antes el profesor Fathid, acompañado a cierta distancia por Leonora, había hecho una rápida incursión en la zona de vegetación, depositando con cuidadosa delicadeza la tarántula africana sobre la más hermosa de las flores que pudo encontrar. Fueron los últimos en pisar tierra. Desde la cubierta del *Neva*, entre baúles y cajas, las dos tripulaciones observaron cómo el agua del lago ascendía, borrando los círculos de ceniza dejados por las hogueras en la arena y cubriendo por completo los restos del *Varsovia*.

Ahora quedaba esperar varias horas a que la marea comenzase a retirarse. Solo el profesor Ivinovich parecía alegrarse ante esta perspectiva, debido a que durante aquellas horas tendría lugar un acontecimiento que esperaba desde hacía semanas con impaciencia. El calor creciente en el interior de la gruta desprendía los capullos, que serían arrastrados por la corriente hacia el lago. Lila y Piet, advertidos, se mantenían a su lado, cada uno con un cazamariposas cuyo mango había sido ampliado considerablemente para aquella ocasión. Cuando aparecieron los primeros capullos flotando sobre la superficie del lago, el profesor apenas pudo contener su emoción y, con grandes aspavientos, comenzó a correr por la cubierta, arriba y abajo, señalándoles a Piet y Lila los ejemplares que estaban a su alcance. Pescarlos, sin embargo, no resultó una tarea fácil, pues pronto vieron que tenían en los atunes unos feroces competidores que en más de una ocasión les robaron una presa ya segura. Esta peculiar pesca continuó hasta que unos cuantos marineros, con los nervios a flor de piel por la espera, aseguraron al profesor que le lanzarían por la borda si no se estaba quieto y callado de una vez.

Una vez sentados junto a sus capturas en el lugar más tranquilo que pudieron encontrar, el profesor tomó uno de los capullos, mucho más ligero que los que habían recogido durante el otoño en la cueva, y lo observó al trasluz. Dentro se dibujaba una oscura forma.

–Fijaos –les dijo a los jóvenes–, las larvas están muy crecidas. Han estado comiendo la cáscara, capas y capas de caracoles, hasta que el capullo se ha vuelto tan fino como un huevo de jilguero. Cuando cae al agua, puede que arrancado por la marea o quizá debido al brusco cambio de temperatura que se está produciendo en estos momentos en la gruta, tiene una flotabilidad perfecta, y la corriente lo arrastra hacia el lago. Enseguida llegarán muchos más, ya lo veréis, muchísimos, y los atunes, hambrientos desde hace días, los devorarán a millares.

Así ocurrió. Durante las siguientes horas, la cantidad de capullos que flotaban sobre el lago fue cada vez mayor pese a que los peces daban buena cuenta de ellos.

–En mi opinión, los atunes, en su migración, transportan estos capullos prácticamente intactos en sus estómagos, y es de suponer que los expulsarán al cabo de unos días en zonas más cálidas. Allí las larvas, que a estas alturas ya se habrán convertido en pupas, eclosionarán sobre el agua, convertidas en mariposas, y poco después buscarán nuevas ascensiones de *Caracolius cristalinus*. Un ciclo completo –argumentaba el profesor Ivinovich–. Por otra parte, no me extrañaría que la combinación de restos de caracoles, polillas y excrementos de atunes que cubre el fondo del lago, y que la marea está subiendo ahora hasta la playa, tenga mucho que ver con la gran fertilidad de este lugar.

Era ya media tarde cuando la fuerza del mar se calmó y, lentamente, las aguas comenzaron a retroceder. Aquel era el momento. Bajo las órdenes de Hans, el *Neva* se colocó en el corazón de la corriente que se dirigía hacia la gruta.

Esperaron en un tenso silencio, pero el barco apenas se movió. Incrédulos, comprobaron que, pese a la fuerza del agua, la nave permanecía prácticamente inmóvil.

–¡Es el rompehielos! –gritó un marinero–. ¡Pesa demasiado!

El capitán Hans maldijo por lo bajo.

–¡No, no! ¡Es el *Izhora*! –advirtió entonces Singajik señalando la pequeña embarcación, cuya línea de carga se veía más hundida que nunca–. ¡Tira de nosotros como un peso muerto!

–Pero eso no es posible –dijo tío Argus, acudiendo a popa para contemplarlo–. Hice todos los cálculos para que el peso no fuese excesivo.

–¡Hay que aligerar la carga! –gritó Hans sin dudarlo–. ¡No podemos perder más tiempo!

El temor a que el plan fracasase y se viesen obligados a esperar otros seis meses, o incluso un año, para repetir el intento puso alas a sus hombres, que se precipitaron a toda velocidad hacia el puente de cuerda.

Sin embargo, ante ellos se interpuso Ivor Guttrosky.

–¡No tocaremos la carga! –gritó, levantando los puños amenazadoramente.

Desconcertados, los marineros se detuvieron. Todos excepto Lila, que esquivó al capitán del *Varsovia* con un rápido movimiento y, trepando por las cuerdas con la seguridad de sus días de equilibrista, llegó hasta la cubierta del *Izhora*.

–¡El agua nos llevará, solo hay que esperar! –insistió Ivor volviéndose hacia ella, que ya comenzaba a desanudar la lona que cubría la carga.

–Pero Ivor, ¿qué locuras dices? –gritó Hans, que llegaba en ese momento hasta él.

Antes de que su hermano respondiese, Lila terminó de soltar la lona, y bajo ella no aparecieron las cajas de conchas, las jaulas, los muestrarios de rocas y los herbarios, sino grandes piezas de oro en forma de flores, animales marinos, barcos y escudos de armas.

La tripulación al completo miró con estupor aquel cargamento.

–¡No podemos deshacernos de todo eso! –suplicó, más que exigió, Ivor–. ¿Qué importan unas cuantas plantas si llevamos de vuelta este tesoro? ¿No veis que solo esto compensará haber perdido el *Varsovia*?

A lo que Hans Guttrosky, con la voz ronca por la cólera, respondió con contundencia:

–¡Tiradlo todo! ¡Todo! ¡Es una orden! –y dando un monumental salto, consciente de que no tenían tiempo que perder, se plantó en la cubierta del *Izhora*, junto a Lila, y tomando una pieza de gran tamaño, él mismo la lanzó por la borda.

Leonora y los marineros que habían acudido hasta allí saltaron tras él y siguieron su ejemplo.

Ivor, aún sobre el *Neva*, los observó sin mover un músculo, como si no comprendiese lo que estaba sucediendo. Solo al final, cuando apenas quedaban unas pocas piezas y ya comenzaba a notarse el tirón de la corriente, fue capaz de salir de su aturdimiento y, cruzando el puente, ayudó también él a tirar por la borda el poco oro que restaba. No quedó nada, ni un solo fragmento, como si dejar algo hubiese perpetuado su indigno comportamiento.

–¡Tanto espacio perdido! –exclamó el profesor Humus desde el *Neva*, mirando con desaliento el pequeño barco vacío.

Pero ya era demasiado tarde para remediarlo: la corriente los arrastraba, y marineros y científicos alzaron la mirada hacia el cráter por última vez. Caía una fina lluvia que allá arriba, en lo alto del volcán, sería probablemente una ventisca de nieve. La franja de selva resplandecía, los olores de la exuberante vegetación llegaban hasta ellos con toda su intensidad y la estrecha cinta de playa se veía oscura y sedosa, como el primer día que llegaron. Lila, justo antes de que el *Neva* se hundiese en las sombras del canal, buscó con la mirada la Jaula de Oro, ahora despojada de sus tesoros. Quizá por ello no alcanzó a verla. Luego, todo fue oscuridad y pensó fugazmente que no volvería jamás a contemplar aquel lugar.

–¡Ahora, Fathid! –gritó el capitán Hans, maldiciendo en su fuero interno por encontrarse en el pequeño barco en vez de en la cubierta del *Neva*.

Fathid abrió el frasco que tenía preparado y a continuación otros cuatro marineros, estratégicamente distribuidos por el barco, le imitaron. Los vigías dieron voces desde lo alto:

–¡Todo en orden por aquí! –repitieron uno tras otro.

Los barcos avanzaron ahora con facilidad llevados por la corriente, que también arrastraba a su vez gran cantidad de capullos, tantos que cubrían todo el canal. Bajo ellos, los atunes estaban aprovechando ese momento para emigrar del lago y, en su partida, continuaban devorándolos. Había tantos de unos y otros que el espectáculo era realmente asombroso.

Lila, que se había quedado absorta mirándolos, tuvo de pronto una idea. Volviéndose hacia Piet, Leonora y los demás marinos, les gritó:

–¡Ahora que hay sitio en el barco, podríamos recoger capullos para estudiarlos! –y girándose hacia el capitán, que continuaba mirando hacia lo alto, demasiado preocupado por la altura de la gruta como para atender a nada más, trató de explicarle–: ¡Podríamos cargarlos en el *Izhora*, apenas pesan!

Hans, sin prestarle demasiada atención, hizo un vago gesto de asentimiento. Con un grito de alegría, Lila y Piet miraron a su alrededor, buscando la mejor manera de capturarlos.

–¡Utilicemos las lonas como redes! –propuso Leonora.

No sin dificultades, porque las velas eran grandes y pesadas, más aún cuando se empaparon de agua, recogieron tal cantidad de capullos que fue necesaria la colaboración de muchos brazos para poder izarlas. Al volcar las improvisadas redes en el interior de la nave, los capullos cubrieron el fondo, de tal modo que les llegaban hasta los tobillos y tuvieron que caminar arrastrando los zapatos para no aplastarlos a su paso.

–¿Realmente necesitamos tantos? –preguntó alguien.

Desde el *Neva*, el profesor Ivinovich, que había seguido con indecible deleite toda la operación, asintió enfervorecido.

–¡Estas mariposas son animales gregarios! –les informó, con una voz aguda debido a la excitación–. ¡Cuando eclosionen, quizá sea nuestra primera oportunidad de observar sus costumbres migratorias y confirmar mis teorías!

Para entonces, el techo de la gruta había ganado en altura y los vigías continuaban dando el parte, siempre tranquilizador. La principal preocupación era, por tanto, si el caudal seguiría siendo suficiente en lo que restaba de travesía. Los frascos que habían abierto comenzaron a apagarse, y se conformaron a partir de entonces con la luz de los fanales.

El tiempo pasó despacio. Terriblemente despacio. El capitán Hans, Leonora y los marineros volvieron a cruzar hasta el *Neva*, pese a que la tensión era casi insoportable en aquel barco demasiado atestado de gente silenciosa. Así continuaron hasta que de pronto comenzó a hacer frío. ¡Frío! Sabían que iban a encontrarlo, pero después de aquellos meses de continuo calor (años para los tripulantes del *Varsovia*), fue una sensación sorprendente. Y era más que eso: significaba que llegaban al exterior. Efectivamente, ante ellos no tardó en dibujarse la grieta, alargada y luminosa, de la salida. Rompieron en vítores. Después de seis meses, el *Neva* volvía a surgir, intacto, de las entrañas del volcán.

• 20
EL *IZHORA*

LOS VÍTORES DE LA TRIPULACIÓN fueron sustituidos rápidamente por órdenes de navegación. Fuera nevaba con intensidad y ante ellos tenían un mar semihelado en el que las corrientes provocaban la ruptura de grandes trozos de hielo. Lila y Piet, los únicos que se habían quedado sobre el *Izhora*, cubrieron de nuevo la preciada carga con la lona y la amarraron bien. Delante de ellos, la quilla de refuerzo del *Neva* comenzó a hacer su trabajo, y cada embestida era recibida con gritos de júbilo al comprobar que el barco resistía. Así avanzaron, penosa pero orgullosamente, a través de la tempestad, y dos días después dejaron definitivamente atrás el mar de Ojotsk, poniendo rumbo hacia climas más cálidos.

La vida a bordo del *Neva* era ahora muy distinta a como lo había sido durante el trayecto inverso. Los camarotes estaban llenos a rebosar, no solo de marineros y científicos, sino también de una interminable cantidad de aparatos de medición y observación, así como de muestras que los profesores se apresuraban a recoger durante aquel viaje de regreso. El profesor Humus no tardó en invadir la sala de oficiales con sus pequeñas plantaciones, Livio ponía a secar sus delicadas acuarelas en el tendedero común y, fueran donde fueran, los marineros tropezaban continuamente con los pedruscos del profesor Kolkya. A esto había que unir las colecciones de insectos, no todos disecados, y una interminable cantidad de cachivaches que resultaban un completo misterio para la tripulación. Nada lograba, pese a todo, empañar el ambiente optimista que reinaba en el barco, pues por fin, después de tanto tiempo, el rumbo los llevaba de vuelta a casa.

Había, sin embargo, dos personas en el *Neva* que no compartían esta alegría. Una de ellas era Lila, quien, pese a haber encontrado a Pedrúsculo Ivinovich, aún no le había contado sus intenciones y seguía preguntándose si eso era realmente lo que deseaba. ¿Le gustaría vivir en San Petersburgo? ¿O quizá debía aceptar la sugerencia de Piet de quedarse con ellos y formar parte de la tripulación del *Neva*? El no poder hablar de todo ello con tío Argus hacía que le pareciese aún más difícil aclarar sus ideas, y cada vez que los marineros brindaban por la vuelta a casa tenía que hacer verdaderos esfuerzos por contener las lágrimas.

El otro tripulante cuyos pensamientos distaban mucho de ser alegres, aunque por motivos bien diferentes, era Ivor Guttrosky. Tras el incidente del oro, y una vez se encontraron fuera de peligro, tuvo lugar una breve reunión entre los dos hermanos. Nada trascendió de este encuentro, excepto que el capitán Hans había dispuesto que tanto su hermano como los hombres que le habían ayudado a realizar el cambio de carga del *Izhora* cumpliesen su castigo durante la navegación. Ivor fue relegado de su cargo y aquellos marineros se ocuparon a partir de entonces de las tareas más duras, pero Hans les prometió que, una vez atracasen en San Petersburgo, todo aquel asunto no volvería a ser mencionado. Este indulto se hizo extensible al profesor Ivinovich, que desembarcaría en la capital de Rusia sin cargo alguno sobre su persona.

Pese a lo magnánimo del castigo, la actitud del Zurdo se volvía cada día más sombría. Desaseado y huraño, evitaba la compañía de todos, incluso la de su hijo, y pasaba las horas mirando con resquemor la pequeña nave que el *Neva* remolcaba. Regresaban a San Petersburgo, sí, pero incluso teniendo en su poder los rubíes que su hermano le había entregado como pago por el *Varsovia*, no podía olvidar que había partido de esa ciudad como capitán de uno de los más hermosos barcos de Rusia y que volvía sin más rastro de aquella embarcación que una barquichuela llena de insectos.

El profesor Ivinovich había tomado la costumbre de cruzar con frecuencia al *Izhora*, pasando allí el mayor tiempo posible. Incluso comenzó a dormir bajo la lona que cubría los capullos, pues habían logrado alzarla hasta formar con ella una pequeña carpa, semejante a la que tanto tiempo atrás improvisasen Lila y tío Argus en las buhardillas del Gabinete. Allí trataba de poner en orden todos los datos reunidos y contrastaba sus apuntes con los realizados por el profesor Hurdof.

–¿De qué servirán? –preguntaba con voz desabrida Ivor Guttrosky a quien quisiera oírle–. Deberíamos tirar esos bichos al mar y utilizar la barca para despejar un poco la cubierta.

A tanto llegó su aversión por el pequeño barco y su cargamento que la noche de la tragedia, aunque vio lo que vio y quizá pudo haber hecho algo por evitarlo, se quedó inmóvil sobre el castillo de popa y no dio un grito de aviso ni trató de asegurar más firmemente la escala.

Aún no había salido la luna y la cálida luz que brillaba bajo la lona del *Izhora* le hacía parecer, vista desde el *Neva*, una lámpara de papel que flotase sobre el agua. Pedrúsculo debía haberse quedado dormido en su improvisado camastro, pues tras la lona únicamente se dibujaba la oscura silueta de los capullos amontonados. Ivor, según su costumbre, contemplaba todo esto con reconcentrado odio cuando, de pronto, algo se movió alrededor de la lámpara, apenas una motita. El Zurdo no le hubiese dado más importancia de no ser porque aquella pequeña manchita oscura comenzó a multiplicarse. Ahora era un buen puñado de motas volando bajo la tela. Y un instante después eran ya tantas que a Ivor le pareció incluso oír su zumbido.

Lo comprendió de golpe. ¡Los capullos se estaba abriendo! ¡Y, según parecía, lo estaban haciendo todos a la vez! Vio incorporarse la silueta del profesor, probablemente aún medio dormido, sentada sobre la improvisada cama, tratando de entender qué ocurría y dudando si avisar a alguien. Aun así, Ivor se mantuvo quieto, callado. Si intervenía ahora, Ivinovich le pediría que le ayudase a retener a las polillas, de eso estaba seguro. Pero ¿qué se podía hacer? Nada. Solo abrir la lona y dejarlas escapar. Sintió una repentina alegría al pensarlo. ¡Llenarían el bote de nuevos objetos para el Gabinete! ¿De qué exactamente? No lo sabía, pero podrían hacer escala en algunos puertos que él conocía bien y conseguir alguna fiera exótica, quizá una pantera, o tal vez algún animal mayor, ¡un rinoceronte! Él mismo pagaría todo con aquellos cuatro rubíes. Conseguiría algo lo suficientemente impresionante como para hacer de su regreso el momento triunfal que siempre había deseado.

Para cuando dejó de soñar despierto, las mariposas volaban por toda la carpa, ocultando prácticamente la silueta del profesor.

«¡Ya está, ya está!», pensó de nuevo Ivor en silencio, entusiasmado. Y tuvo que contenerse para no gritarle a Ivinovich que abriese de una vez la lona y dejase libres a las polillas.

Pero las cosas no sucedieron como había previsto. Las mariposas, como si se hubiesen puesto de acuerdo, se agruparon en la parte superior de la lona, tensándola hasta darle una forma semiesférica. Pronto fue evidente que aleteaban, unidas por una misma voluntad, en dirección opuesta a aquella hacia la que navegaban ellos. Las cuerdas que unían el *Izhora* al *Neva* se tensaron con fuerza. Pedrúsculo, por momentos más alarmado, se puso en pie.

El zumbido de las polillas llegaba, ahora sí, claramente hasta el barco. Una voz de alerta llegó desde la cofa del palo mayor, donde el marinero de guardia había notado algo raro. Justo entonces, el Zurdo dudó de lo que veía: ¡el casco del *Izhora* había dejado de tocar la superficie del mar!

–¡Pedrúsculo, tiene que abrir la lona! –gritó haciendo bocina con sus manos mientras el corazón le golpeaba con fuerza en el pecho. Pero ya era demasiado tarde: su voz apenas logró atravesar el ensordecedor zumbido de las mariposas. Volvió a intentarlo–. ¡Profesor, tiene que hacer algo o... –Ivor dudó un momento, tan extraño era lo que iba a decir–, ¡o va a salir volando!

La silueta del profesor, inmóvil bajo la lona, seguía mirando hacia lo alto, paralizado, según parecía, ante el fenómeno que estaba presenciando. ¿Qué hacer, qué hacer?, se dijo Ivor. Antes de que encontrase una respuesta, la cubierta se llenó de pasos y gritos. Piet, Lila, tío Argus, Fathid, Leonora, Singajik, el Dr. Humus, Urko y muchos marineros habían saltando de sus camastros al escuchar los gritos de alarma del vigía. Acudían medio dormidos con la misma ropa con la que se habían acostado, y cuando vieron el pequeño barco suspendido en el aire tras ellos, ya a la altura de la jarcia mayor, muchos creyeron que seguían soñando.

–¿Qué ocurre? –se escuchó la potente voz del capitán Hans tras ellos–. ¿Qué es todo este... –pero también sus palabras se cortaron en seco al ver aquel espectáculo.

La primera en reaccionar, tomando una rápida decisión, fue Lila. Corriendo hacia el puente de cuerda, co-

menzó a trepar por él mucho más hábilmente de lo que nadie hubiese sido capaz.

—¡Lila! —gritó tío Argus, y se dispuso a seguirla

Pero apenas había agarrado la escala cuando se produjo una fuerte vibración y, sin poder resistir más la tensión, la anilla a la que estaban atadas las cuerdas del *Izhora* se desgajó del *Neva*. Argus cayó sobre la cubierta con un golpe seco y Lila, aún sujeta, dudó durante un segundo. Miró hacia el *Izhora* y luego hacia el *Neva*. No tenía tiempo que perder, debía tomar una decisión. Soltando la maroma, cayó torpemente sobre la cubierta del *Neva*, junto a su tío. Sobre ellos, la escala de cuerda ondeó como la cola de una cometa hasta que estuvo fuera de su alcance.

Impotente, la tripulación del *Neva* contempló cómo el *Izhora*, convertido ahora en un extraordinario objeto volador, tomaba altura a gran velocidad y comenzaba a alejarse en la noche hasta que fue imposible divisarlo.

–¡Hay que hacer algo! –exclamó Leonora horrorizada.

Pero nadie se movió. Lo cierto era que no había nada que se pudiera hacer. Sencillamente, no había barco alguno que pudiera alcanzar a aquella nave.

–¿Y ahora qué? –preguntó Lila, aún en el suelo.

Argus Sacher, sin dejar de mirar hacia el oscuro firmamento, trató de mostrarse optimista.

–Al menos parece que pueden cargar sin problemas con la barca y el profesor –dijo, como si en vez de polillas hablase de un tiro de caballos que hubiese adiestrado él mismo–. Incluso mantienen una buena velocidad y una estabilidad envidiable, ¿no crees? No descartaría que Pedrúsculo disfrutase del viaje. ¡Debe ser toda una experiencia ver el mundo desde esta altura!

Desde luego, no eran las reflexiones que Lila esperaba en semejantes circunstancias, pero nada en tío Argus era demasiado previsible.

–Debe ser muy bonito –admitió.

Tío Argus asintió y luego, sentándose sobre un rollo de cuerda, comenzó a contarles a ella y a Piet cierta ocasión en la que había sobrevolado París en un globo aerostático. Había sido una experiencia inolvidable, desde luego, pero nada comparable, en su opinión, con el viaje que acababa de emprender Ivinovich.

Mientras él hablaba, Lila miró de nuevo hacia el horizonte y se preguntó hacia dónde irían las mariposas. Sintió al pensarlo un escalofrío de curiosidad y miedo. ¿Quizá a otra gruta o de regreso a Ojotsk? ¿O tal vez buscasen un banco de caracoles como el que había perseguido durante tanto tiempo el profesor Hurdof? Fuesen donde fuesen se alegraba de haber soltado la cuerda. No por el peligro, pensó. No. Si hubiese sido tío Argus quien hubiese estado allí arriba, sobre el *Izhora*, hubiese trepado sin dudarlo. Lo miró de reojo. Él era su familia. Por mucho que siempre anduviesen de aquí para allá, tenía razón cuando decía que estar juntos era, en definitiva, estar en casa.

Tío Argus seguía hablando y hablando. Las historias sobre su viaje en globo parecían no terminar nunca, y finalmente pasó lo que Lila nunca hubiese creído posible en aquellas circunstancias: se quedó dormida.

Soñó con el *Neva*. Piet, sobre el palo mayor, trataba de hacer equilibrismos por una cuerda que subía hacia una nube, y en la nube ¡estaba ella misma! Y también Leonora, y Regina y Lucas, y tío Argus, y Fathid, y el capitán Hans... tanta gente que la nube no podía sostenerlos y empezaba a caer, a caer...

21
REGRESANDO

LA DESAPARICIÓN del *Izhora* afectó seriamente al ánimo de la tripulación. Durante varios días, los marineros anduvieron taciturnos, mientras que el grupo de científicos aprovechaba cualquier ocasión para recordar las brillantes aportaciones que había hecho el profesor Ivinovich al estudio de los crustáceos. El profesor Humus sugirió que los *Caracolius cristalinus* fuesen llamados a partir de entonces *Caracolius pedrusculinus*, generando un encendido debate que se alargó durante varios días.

Al que apenas se vio sobre cubierta fue a Ivor el Zurdo. Ni siquiera Piet pudo hablar con él durante unos días. Permanecía encerrado en el camarote que compartía con Hans, y cuando le preguntaban al capitán por su hermano, se limitaba a negar solemnemente con la cabeza. Cuando por fin Ivor hizo acto de presencia, no tardaron en comprobar que algo en él había cambiado profundamente. Su furia había desaparecido, sustituida por una especie de tristeza que se fue suavizando con los días, dando paso a un carácter más calmado y menos orgulloso. Ahora trabajaba hombro con hombro con la tripulación y pasaba largos ratos con Piet, enseñándole cuanto creía que podría serle útil en la navegación.

–Hay cosas que cambian a un hombre –opinó una tarde Singajik mientras reparaba unas redes con una gruesa aguja.

Tío Argus asintió, sin perder de vista a Lila, que se encontraba sentada unos metros más a babor, junto a un inmenso capazo de judías que debía pelar para la cena. Eran tantos en el barco que la vida se volvía cada día más incómoda, y Hans, sabiendo que todos debían mantenerse ocupados para evitar peleas y disputas, había repartido tareas con generosidad.

–¿Cómo te hiciste cargo de ella? –preguntó Singajik, siguiendo su mirada.

–Humm... Fue hace años –suspiró Argus–. Sus padres murieron mientras yo estaba lejos. Por aquella época estuve en América del Sur, y luego en América del Norte, y también en África, en las selvas de Borneo... Sí, pensaba a menudo que tenía que hacer una visita a mi hermana, pero siempre surgía algo, así que pasaron un par de años hasta que por fin conocí la noticia –tío Argus hablaba en voz baja, quizá para que Lila no les oyese. Ya estaba bastante melancólica desde que Pedrúsculo había desaparecido con el *Izhora*–. Fui a buscarla de inmediato, aunque no sabía qué haría con una niña, la verdad.

Recordando aquel día, sonrió.

–La había acogido una vecina, una mujer con buena voluntad, pero tan gritona y mandona que tenía a toda su familia aterrorizada. ¡Tendría que ver la cara que pusieron cuando me presenté y dije quién era! –tío Argus rio de buena gana, y cuando Lila, sentada ante las judías, le miró sorprendida, le sonrió desde lejos–. No querían que ella se viniese conmigo. Aquella mujer estaba empeñada en que ella la educaría mejor. Pero solo le hubiese enseñado a estarse quieta y callada: ¡parecía que no esperase nada más de sus propios hijos! Lila se vino feliz conmigo. Y ha sido feliz todo este tiempo. Igual que yo. Hasta ahora.

–Bueno –opinó Singajik–, no veo por qué no podéis seguir siéndolo.

–Necesita una casa, un hogar... –le explicó Argus–. Pensaba que Pedrúsculo podría ofrecerle eso.

–Sí, sí –masculló Singajik mientras mordía el grueso hilo para cortarlo–. Incluso a los marineros más curtidos nos gusta tener un puerto al que arrimarnos.

–Pero tú no renunciarías al mar, ¿no, Singajik? No serías feliz...

–¡Claro que no! Pero para eso están los puertos, para poder tener barcos.

Tío Argus pensó entonces que nunca había visto el asunto desde aquella perspectiva. Y mientras observaba cómo Lila pelaba las judías, siguió dándole vueltas a esa nueva manera de mirar las cosas. Si ella quisiera, si le pareciese bien... Claro que no era lo mismo que tener una casa con Ivinovich en San Petersburgo, pero su primo solo sabía hablar de caracoles, ¡y eso podía terminar por ser de lo más aburrido! Sí, es posible que pudiera convencerla; al menos, tendría que intentarlo...

Pasaron dos días completos antes de que tío Argus ordenase sus ideas y se decidiera a hablar seriamente con Lila. Así se lo dijo: «Lila, tenemos que hablar seriamente», y ella le miró con cara preocupada, pensando si su tío iba a plantearle el tema que tanto le preocupaba: ¿qué iba a hacer a partir de ahora? En ese caso, lo tenía decidido:

le pediría un puesto a Hans Guttrosky en el *Neva* y viajaría con él como grumete.

–Lila –dijo Argus, tirándose del bigote varias veces antes de empezar–, ¿sabes para qué sirven los puertos?

Lila le miró desconcertada.

–¿Para que los barcos atraquen en ellos?

–Eso es, precisamente... –respondió él, meditabundo.

Lila esperó a que continuase. Por un lado se sentía aliviada de que el tema fuesen los puertos y no su futuro, pero le extrañaba aquella actitud reconcentrada de su tío.

–Aún falta mucho para llegar a San Petersburgo, y pensaba que para la tripulación sería un alivio que hubiese algún pasajero menos.

El corazón de Lila dio un vuelco. Entonces sí, ahí estaba: ¡tío Argus se estaba despidiendo de ella! ¡Iba a marcharse! Se mordió el labio para mantener la calma y trató de sonreír, pero no le salió ninguna palabra. Tampoco parecía que importase, porque Argus seguía hablando él solo, algo aturullado.

–No estamos lejos y pensé que podría ser una buena idea.

–¿De dónde?

–¿De dónde, qué?

–¿De dónde no estamos lejos?

–De Coto Redondo.

–Ah –Lila tragó saliva. Todo aquello iba a ser más triste de lo que pensaba.

–Bueno, por tierra aún será un viaje de un par de meses, claro –se apresuró a puntualizar su tío, y levantó las manos expresivamente–. Sí, ya sé, ¡más viajes! ¡Y además, en Coto Redondo no hay puertos!

Lila sentía que había perdido el hilo, pero asintió; desde luego, era cierto que en Coto Redondo no había puertos, tan solo un muelle de tres metros escasos que construyó Lucas en la Laguna Pequeña.

—Pero está el Rincón de Maud —siguió él—. ¿Te acuerdas del Rincón de Maud?

—Es la vieja granja —dijo Lila, que se acordaba bien del amable granjero, asiduo cliente del almacén de Regina y Lucas—. Maud creció allí. La dejaron hace años porque era muy pequeña para ellos, sobre todo cuando nacieron los mellizos.

—Eso es, eso es. El Rincón de Maud... ¿Qué te parece?

—¿Cómo que qué me parece?

—¿Qué te parece como puerto?

Lila se rindió. Estaba tan confusa y tan nerviosa que dos grandes lagrimones cayeron por sus mejillas.

—No sé qué me parece.

—Pero Lila, ¡no llores! —rio Argus abrazó a su sobrina, tan desconcertado como ella—. Si no quieres, no pasa nada. Buscaremos otro.

—Yo, yo... —hipó Lila, sin importarle demasiado que su tío estuviese a punto de ahogarla contra sus bolsillos llenos de cachivaches— no quiero que te vayas.

—¡Pero si eso es justamente de lo que te estoy hablando, Lila! —dijo él, apartándola por fin y tratando de ordenar sus ideas—. Los puertos están para que los barcos atraquen en ellos, y el Rincón de Maud podría ser nuestro puerto. Podríamos hacer igual que Singajik: a él le gusta navegar porque es un marinero, como yo soy un inventor, pero también agradece de vez en cuando pisar tierra firme. Sé que Maud está interesado en vender la granja. No está muy bien, habrá que arreglarla un poco, pero podrás tener tu habitación, y hay un viejo cobertizo que puede servirme de taller. ¿Qué te parece? ¿Te gustaría eso?

–¿Sería nuestra casa? –dijo Lila secándose las lágrimas.

–Sería nuestro puerto, sí.

–Nuestra casa.

–Sí, nuestra casa.

–Me parece muy bien.

–Pero ya sabes que un inventor...

–... tiene que mantener las piernas y los ojos en forma.

–Eso es. Pero no estaría mal poder pasar unos meses al año en Coto Redondo, ¿no crees?

–No estaría mal.

–Y si queremos dormir alguna noche bajo el manzano, también podemos hacerlo, ¿no crees?

Lila asintió, secándose las lágrimas.

–Entonces –dijo tío Argus tendiéndole la mano–, ¿trato hecho?

Lila la estrechó con fuerza, sonriendo.

–Trato hecho.

22
EL RINCÓN DE MAUD

CUATRO MESES Y ALGUNAS AVENTURAS DESPUÉS, el sol lucía sobre el Rincón de Maud. Lila, tío Argus y Lucas, que se había acercado a echarles una mano, estaban trabajando en el cobertizo, tratando de despejarlo para poder convertirlo el taller laboratorio por el que suspiraba tío Argus.

Lucas no era el único que les estaba echando una mano aquellos días. Desde que Lila y Argus regresaron a Coto Redondo y corrió la noticia de que habían llegado a un acuerdo con Maud por la vieja granja, un sinfín de amigos habían hecho acto de presencia llevando consigo herramientas, cestas de comida, muebles y sus propios brazos y talentos, para entre todos acondicionar cuanto antes el nuevo hogar de los Sacher. Allí estuvo el Juez Mangulis en compañía de sus dos nietas, Alicia y Nina, que adoptaron de inmediato a Lila como amiga íntima y favorita; el propio Maud y su esposa y, por supuesto, Regina, con herramientas, clavos y cortinas para toda la casa.

Con tanta compañía y tanta ayuda, las obras avanzaban deprisa, y también los días, pero no por ello dejaba Lila de pensar en Piet, Leonora, Fathid, Hans y todos los demás. La despedida había sido triste y alegre, todo a la vez, y esa sensación la seguía acompañando cuando pensaba en sus amigos y en cómo les habría ido el resto del trayecto hasta San Petersburgo. ¿Cómo habría recibido la ciudad la historia del rescate de la tripulación del *Varsovia*? ¿Y qué se contaría de Ivinovich? Lila esperaba que, pese a sus excentricidades, se le recordase con cariño.

Aquella mañana, mientras trabajaban en el cobertizo, Argus, sobre el tejado, se secó el sudor con la manga y gritó desde lo alto:

–¡Se acerca Tomás!

Tomás, el cartero de Coto Redondo, traía un grueso sobre de papel marrón para Lila y un pequeño paquete para tío Argus.

–Viene de lejos –dijo, y se quedó allí a la espera de que lo abriese. No puede esperarse que un cartero recorra seis kilómetros a pleno sol y se quede sin saber qué noticias trae desde la lejana Rusia.

–¡Es del Real Gabinete! –exclamó Lila leyendo el remite–. Diría que es la letra de Leonora.

–Ábrelo, ábrelo –la azuzó tío Argus, reservándose el suyo.

Se sentaron los cuatro a la sombra, junto al camino, y Lila abrió el sobre con manos nerviosas. Dentro había una nota y algo más.

–¡Hay otro sobre! –dijo sacando una segunda carta cuidadosamente cerrada. En ella podía leerse: «Para Lila Sacher», con una letra que no era la de Leonora.

–Lee primero la nota –le indicó Argus, a punto de cogerla él mismo de pura impaciencia.

Lila siguió su consejo. La nota no era extensa, pero incluía un pequeño dibujo del *Neva* entrando en el puerto de San Petersburgo. Se veía una multitud en la orilla y banderolas festivas y confeti de muchos colores. Incluso se distinguía con todo detalle una banda de música y una pequeña figura que, por la corona, parecía el mismísimo Zar de Todas las Rusias.

Querida Lila, querido Argus:

¿Qué tal estáis? ¿Disfrutáis de la vida campestre? ¿conseguisteis esa granja que os gustaba tanto? Nuestra llegada a San Petersburgo, pese a regresar sin el 'Varsovia', fue todo lo que podía soñarse para un regreso triunfal. Os envío un dibujo para que os hagáis una idea. ¡Hasta el zar quiso darnos la bienvenida! Y nos contaron que en su cumpleaños, un par de semanas antes de nuestra llegada, la tarta (cocinada según una nueva receta totalmente secreta) tuvo forma de volcán en nuestro honor.

No logramos entender cómo sabían de nuestras aventuras con tanta antelación hasta que el mayordomo imperial nos hizo pasar a una salita privada del palacio. Allí, sobre el escritorio del zar, nos esperaban varias cartas. Una de ellas era para ti, así que te la enviamos a Coto Redondo. Y no te cuento más para no destriparte la sorpresa.

Ah, también hay una cosa para Argus. ¡Es una Medalla de Méritos Científicos! Se la ha concedido el zar, como al resto de profesores de la expedición. Con ella podrá entrar siempre que quiera al Real Gabinete, y también a cualquier museo del mundo.

Ah, Piet me dice que os cuente que su tío Hans ha sido nombrado Almirante Mayor de la flota rusa, aunque se niega a capitanear otro barco que no sea el 'Neva'. Ivor ha recuperado su cargo como capitán y pronto emprenderá un viaje hacia el paso del Nordeste. Por último, seguro que te alegra saber que Piet ha sido nombrado Cabo Mayor (el más joven en la historia del imperio ruso). Creo que nada más, excepto que Fathid y yo estamos prometidos. Se me declaró a la luz de un atardecer mientras cruzábamos el trópico de Capricornio, no lejos de mi tierra de origen. ¿No es romántico? Hemos pensado que durante nuestra luna de miel podríamos pasarnos por Coto Redondo y conocer así vuestro nuevo hogar, ¿qué os parece?

Abrazos de los Valientes del 'Neva' (así es como nos conocen ahora en toda Rusia).

Amalia Leonora Okavango

Lila siguió mirando la carta unos segundos.

–Tío, ¿tú sabías que el profesor Fathid fuese a declararse a Leonora?

–Oh, ya sabes que yo nunca estoy al tanto de esas cosas –respondió él, sin darle mucha importancia a la noticia.

Estaba mucho más interesado en la hermosa medalla que había encontrado al abrir el paquete. Se la puso sobre la solapa. Era preciosa, una estrella dorada con un pequeño mapa del mundo grabado en su centro. Tres cintas, una negra, otra amarilla y otra blanca, remataban la parte inferior.

–¿Y la otra carta? ¿De quién es? –quiso saber Lucas.

Lila cogió el sobre y, dándole la vuelta, leyó el remitente, pero no respondió.

–Bueno, ¿quién la envía? –insistió Tomás.

Lila lo leyó entonces con un hilo de voz.

–*Profesor P. Ivinovich, casa del pescador Alepeleke, Playa Larga de las Palmeras Altas, Honolulu (Hawái).*

–¡Pedrúsculo! –gritó tío Argus, exultante–. ¡Claro que sí! Ese hombre tiene la cabeza demasiado dura como para que unas cuantas polillas pudiesen con él. Venga, Lila, ¡abre esa carta! Estoy impaciente por saber cómo terminó en Honolulu.

Lila rompió sin más ceremonia el sobre y, sacando del interior una hoja cuidadosamente escrita, la leyó en voz alta sin ser interrumpida.

Queridísima sobrina:

Han pasado tres semanas desde que nos vimos por última vez, la noche en la que las polillas decidieron salir volando, y aún pasarán muchas más, imagino, antes de que esta carta llegue al Gabinete y vosotros regreséis a San Petersburgo.

Ante todo quería informaros de que estoy bien, si olvidamos un par de contusiones y una pierna entablillada. Imagino que vosotros, en cambio, os sentiréis miserablemente por no haber podido acompañarme en este viaje fabuloso tras las polillas.

Es un triste consuelo, pero tal vez queráis conocer lo que ocurrió desde que nos separamos. Veamos... Primero el 'Izhora' salió volando, como pudisteis comprobar, y durante un rato no me atreví a hacer mucho más que mirar cómo aquella nube de polillas batían furiosamente sus alas, produciendo bajo la lona un zumbido ensordecedor. Una vez recuperado de mi asombro, con mucha precaución, asomé la cabeza por una abertura en la tela. A mis pies, el mar se extendía hasta el horizonte. Allá donde mirase, las olas formaban pequeñas crestas de espuma que brillaban a la luz de la luna. ¿Cuántos 'Caracolius cristalinus' habría camuflados en esa espuma de mar?, me pregunté, y esto me mantuvo entretenido un buen rato.

Después volví a entrar y me senté a observar de nuevo a las polillas. Había algo raro en ellas, pero ¿qué era? Las miré y las miré hasta que caí en la cuenta: ¡no eran blancas, sino de un claro color tostado! ¿Puedes creer, sobrina, que tardase tanto en deducir por qué? ¡Por supuesto, la explicación es que aún no había caracoles impregnando sus alas!

Deseando recuperar mi habitual lucidez científica, saqué un cuaderno e hice dibujos y tomé anotaciones. Traté de medir la velocidad a la que nos desplazábamos y el número de veces que aleteaba cada polilla por minuto, pero al cabo de un par de horas de intentarlo sin éxito, me quedé dormido.

No sé durante cuánto tiempo dormí, ¡demasiado en cualquier caso! ¿A quién se le ocurre dormir en medio de un experimento semejante?, dirás, y con razón. ¿Cuántas veces puede uno acompañar la migración de unos seres tan asombrosos? Cierto, cierto, pero por suerte, en el momento clave, el propio aleteo de las polillas me despertó sin más. Este se había incrementado de tal modo que la velocidad de la barca aumentaba por momentos. Fuera comenzaba a amanecer y ya no necesitaba la vela para dibujar. Hacía más calor, pensé, así que deduje que, afortunadamente, no estábamos regresando a Ojotsk. Hubiese sido un poco irritante volver a un lugar ya conocido, ¿no crees?

Estaba a punto de prepararme un pequeño desayuno a base de cáscaras de capullos cuando, repentinamente, me quedé sordo. Completamente sordo. O esa fue mi primera sensación, porque en realidad lo que ocurría era que las polillas habían cesado su frenético aleteo. Lo siguiente que sucedió fue una contundente muestra de la fuerza de la gravedad, es decir, comenzamos a caer a plomo.

Pensé que aquello significaría poner punto final a mis estudios sobre las polillas y, en general, sobre cualquier asunto. Pero, para mi asombro, el golpe no fue tan terrible como había esperado. Fue más bien como caer sobre una inmensa esponja que absorbió el impacto. Antes de que pudiese deducir qué había ocurrido, la lona cayó pesadamente sobre mi cabeza, cegándome. Un momento después, el familiar zumbido recomenzó, tan furioso como antes, pero con la diferencia de que ahora las polillas volaban en completo desorden. Sus cuerpos, suaves pero fuertes, chocaban entre ellos y, sobre todo, contra mí. El aire estaba tan lleno de alas y antenas plumosas que tuve serias dificultades para encontrar la abertura de la lona y abrirla para poder respirar. Las mariposas agradecieron el gesto y salieron en masa.

Fue entonces cuando olí algo que hizo que mi corazón se detuviese por un momento. ¡Lila, cómo me hubiese gustado abrazar en ese momento a Huzvel Hurdof! ¡Palomitas de azúcar! ¡Las más dulces que pudieses imaginar! A eso olía.

Saqué la cabeza de la lona sabiendo lo que iba a encontrar. Allí estaba, tal y como aparecía descrito en "Seres Intrigantes y Su Aún Más Intrigante Comportamiento", bajo mis pies, ¡una gran isla de 'Caracolius cristalinus'!

¡Qué maravilla, Lila, tener toda una isla de caracoles para estudiarlos! Estaba completamente intacta, y aunque algunas mariposas volaban aún en torno a ella, la mayoría se habían dejado caer sobre su superficie, tiñéndose rápidamente de blanco, como yo mismo en cuanto la pisé.

Tampoco faltaron los atunes, pese a cuya embestida la isla aguantó bastante bien. ¿Qué grosor tendría? Traté de medirlo hundiendo el remo del 'Izhora' y también utilicé el periscopio, pero no fue suficiente. De todos modos, traté de registrar lo más científicamente que pude todo lo que había visto. Aquel día los atunes no volvieron a acercarse, y a la mañana siguiente me pareció que el 'Izhora' comenzaba a hundirse en aquella masa blanca. Puede que su consistencia fuese menor después de nuestro impacto, o que los primeros caracoles comenzasen a descender de nuevo hacia el fondo.

Para entonces, algo comenzaba a preocuparme: ¿cómo iba a llegar a tierra firme para poder dar a conocer mis descubrimientos?

Pensé que, de haberse encontrado Argus conmigo, se le hubiese ocurrido el modo de volver a utilizar las polillas como motor para el 'Izhora', pero yo fui incapaz de pensar en cómo realizar semejante hazaña.

Cuando emprendieron el vuelo, lo hicieron tan inesperadamente como la primera vez. Todo se volvió blanco a mi alrededor, y luego nada, solo estábamos los caraco-

les y yo. Las mariposas se alejaron en dirección noroeste, quién sabe hacia dónde. Fue triste, Lila, perderme la última parte de su viaje. Pero tenía otras cosas en las que ocupar mi tiempo. Esa noche regresaron los atunes y vi claramente que la isla no duraría más que unas horas. Revisé el 'Izhora' y comprobé que no tenía ninguna grieta importante. Pero me había quedado sin remos y sin mástil. Estaba a la deriva.

Tampoco me quedaba apenas agua, y desde hacía cuatro días no comía más que caracoles. Siento decir esto, pero ¡nunca podré volver a comer palomitas, te lo aseguro!

Me entretuve tomando notas para mi futuro libro, "Mares y mareas cristalinas", mientras el 'Izhora' era arrastrado libremente por las corrientes. Pensé que si mi cuerpo era hallado sin vida, al menos la ciencia podría contar con el fruto de mis investigaciones escritas sobre papel, pero por suerte, antes de que eso ocurriese, me encontraron unos pescadores hawaianos que me llevaron muy amablemente hasta sus islas. ¡Imagínate, las polillas recorrieron cerca de 6.000 kilómetros con el 'Izhora' a cuestas! ¿No es del todo extraordinario?

Desde entonces han pasado unos diez días. No ha sido nada fácil encontrar papel de carta en este lugar. La vida aquí es agradable, los cocos abundan y las vistas son inmejorables, pero estoy impaciente por regresar a San Petersburgo y poder continuar con mis investigaciones. ¡Es imprescindible que estudie más a fondo la migración de los atunes!

Afectuosamente, tu tío.

O, como dicen aquí, "Á hui hou aku".

Pedrúsculo Ivinovich

–¡Pedrúsculo, qué gran científico! –no pudo por menos que exclamar tío Argus.

Lucas, que había escuchado embobado el contenido de la carta, reaccionó entonces y, poniéndose en pie de un salto, dio unas palmadas y los devolvió a la realidad.

–Venga, sigamos con ese tejado. Dentro de poco tendré mucha más hambre que esos atunes.

Riéndose, Lila y tío Argus se despidieron de Tomás y se volvieron hacia la granja.

–Es un buen puerto, ¿no crees? –dijo, orgulloso, tío Argus admirando las paredes recién encaladas, cubiertas en parte por una parra que sombreaba la entrada.

–El mejor puerto del mundo –le aseguró Lila.

Y con una sonrisa en los labios, salió corriendo para adelantar a Lucas y ser la primera en llegar al cobertizo.

TE CUENTO QUE ANUSKA ALLEPUZ...

... nació en Madrid en 1979. Estudió Bellas Artes en la Universidad de Salamanca, donde consiguió una beca en la Accademie di Belli Arti di Carrara (Italia). Completó sus estudios en Berlín y en Barcelona. Actualmente trabaja en Londres, desde donde colabora con editoriales españolas y extranjeras.

Para conocer su obra, puedes visitar su página web:

www.anuskaallepuz.com

TE CUENTO QUE CATALINA GONZÁLEZ VILAR...

... de niña fue a ver una exposición de insectos al Jardín Botánico de Valencia. Estaban muertos, me temo, pero aquellas cajas de cristal y madera, repletas de escarabajos y mariposas de formas y colores diversos, le causaron una gran impresión.

Lila Sacher y la expedición al norte comenzó, probablemente, con aquella visita a la exposición de insectos, porque luego Catalina visitó otros museos llenos de cosas sorprendentes e intrigantes. Así fue como supo que muchos de aquellos fondos procedían de las grandes expediciones científicas que habían recorrido el mundo. ¿Quién podría resistirse a escribir una historia sobre todo eso?

Pero también hay otros ingredientes en esta novela. Tío Argus se parece un poco a un tío de Catalina que se llama José María y que es una de las personas más estupendas que conoce. También él es divertido y cariñoso, aunque no ha viajado tanto ¡ni es tan despistado!

Si te ha gustado este libro, visita

LITERATURA**SM**•COM

Allí encontrarás:

- Un montón de libros.
- Juegos, descargables y vídeos.
- Concursos, sorteos y propuestas de eventos.

¡Y mucho más!

 Para padres y profesores

- Noticias de actualidad, redes sociales y suscripción al boletín.
- Propuestas de animación a la lectura.
- Fichas de recursos didácticos y actividades.